JN411409

모로 박사의 섬

모로 박사의 섬

허버트 조지 웰스 | 한동훈 옮김

문예출판사

The Island of Doctor Moreau

Herbert George Wells

차례

• 본문의 주석 중 원서의 주는 '원주'로 표기했고, 나머지는 모두 옮긴이 주다.

서문

1887년 2월 1일 레이디베인*호는 남위 1도 서경 107도 인근에서 어떤 유기물과 충돌해 난파했다.

카야오**에서 레이디베인호에 틀림없이 승선한 고독벽(癖) 있는 내 삼촌 에드워드 프렌딕은 익사한 것으로 알려졌는데, 그로부터 열한 달 나흘 뒤인 1888년 1월 5일, 남위 5도 3분 서경 101도에서 구조되었다. 당시 삼촌은 작은 보트에 타고 있었고 그 보트에 쓰인 배 이름은 판독하기 어려웠지만 실종된 스쿠너***인 이페카쿠아나****호의 부속선으로 알려졌다. 삼촌은 미친 사람이라고밖에 볼 수 없

---

* '허영기 있는 숙녀(Lady Vain)'라는 뜻

** 페루 중부에 있는 태평양 연안의 항구 도시

*** 2~4개의 돛대에 세로돛을 단 서양식 범선

**** 감기약이나 해독제로 쓰이는 토근 식물

는 자신에 관한 괴상한 이야기를 늘어놓았다. 결국 삼촌은 레이디 베인호에서 탈출하는 순간부터 제정신이 아니었다고 여겨졌다. 삼촌의 경우를 두고 심리학자들은 정신적, 육체적 스트레스가 빚은 기이한 기억 착오 사례로 논의했다. 아래 이야기는 삼촌의 기록물 중 일부로, 그 조카와 상속인이 그 끝에 서명했으나 출판 제의는 받아본 바가 없다.

삼촌이 구조된 인근 유일한 섬은 알려진 바론 '고귀한 섬(Noble's Isle)'이라는 작은 화산섬으로, 무인도였다. 1891년에 영국의 스콜피온호가 그 섬을 찾아갔는데 선원들 한 무리가 상륙해서 뒤져보았지만 사람은 아무도 없고 어떤 특이한 흰 나방과 돼지, 토끼, 좀 독특한 쥐 몇 마리뿐이었다. 따라서 이 이야기에 나오는 주요 사항 대부분은 확인되지 않았다. 그것만 주지하면 이 괴상한 이야기를 삼촌의 뜻을 좇아 대중에 공개한다고 해서 별문제는 되지 않으리라. 적어도 이것만은 알아주기를 바란다. 내 삼촌은 남위 5도, 서경 105도에서 인지(人智)로부터 사라졌으나 11개월의 간격을 두고 같은 해역에 다시 나타났다. 삼촌은 그 기간을 어떻게든 살아냈다. 그리고 술주정뱅이 존 데이비스가 선장인 이페카쿠아나라는 스쿠너는 1887년 1월 퓨마 한 마리와 여러 다른 동물을 싣고 아프리카를 출발해서(그 선박은 남태평양 여러 항구에서 제법 유명했다) 1887년 12월 베이나에 들렀다가 상당량의 코프라*를 실은 채 미지의 운명을 향해 나아갔는데 결국 바다 위에서 사라지고 말았다. 삼촌의 이야기와 전적으로 합치

---

* 야자열매의 속을 말린 것으로 야자유의 원료

하는 날짜다.

찰스 에드워드 프렌딕

모로 박사의 섬

에드워드 프렌딕이 쓴 이야기

1. 레이디베인호의 구명보트에서

레이디베인호의 침몰에 관해 이미 보고된 내용에 무엇을 더하고자 하는 뜻은 아니다. 모두들 알듯이 레이디베인호는 카야오를 출발한 지 열흘째 되는 날에 어떤 장애물과 부딪혔다. 대형 보트로 탈출한 선원 일곱 명은 열여드레 뒤에 영국의 소무장선 머틀호가 구조해주었고 그래서 그들의 끔찍한 고생담은 그보다 훨씬 공포스러운 메두사호 사건*만큼이나 잘 알려지게 되었다. 그러나 나는 기존에 출판된 레이디베인호에 관한 보고에 덧붙여 무시무시한, 아주 괴상한 내 이야기를 해야겠다. 그때 구명보트를 탄 네 남자는 여태껏 죽었다고 알려졌는데 그건 틀렸다. 이 주장을 하는 내겐 확고부

* 1816년 프랑스 군함 메두사호의 침몰 사건에서 뗏목으로 살아남은 사람들의 이야기를 프랑스 화가 제리코가 〈메두사호의 뗏목〉이라는 유명한 그림으로 남겼다.

동한 증거가 있다. 내가 그 네 명 중 하나였다.

먼저 그 구명보트에 네 명이 탄 적이 없다는 사실부터 밝혀야겠다. 세 명이었다. "소형 보트로 뛰어내리는 콘스탄스를 선장이 목격했다"*라고 했는데 우리를 위해서는 다행이고 그 자신에게는 불행히도 그는 보트에 닿지 못했다. 망가진 제1사장** 지삭(支索) 아래 뒤엉킨 밧줄 사이를 내려온 것까지는 좋았는데 막 뛰어내리려는 찰나, 짧은 밧줄 한 가닥이 그의 신발 뒤축을 잡아채는 바람에 잠깐 거꾸로 매달렸는가 싶더니 이내 떨어져, 물 위에 떠 있는 어떤 단단한 토막이나 원재(圓材) 같은 것에 부딪혔다. 우리는 그리로 나아갔지만 그는 물 위로 떠오르지 않았다.

그가 우리에게까지 닿지 않은 것을 두고 우리로선 다행이었다고 말했는데 사실 그를 위해서도 다행이었다. 보트에 있는 음식물이라곤 작은 물통 하나와 물에 불은 선원용 건빵 약간뿐이었다. 경보가 너무 갑작스러웠고 그 배는 재난에 대한 대비가 너무 허술했다. 대형 보트를 탄 사람들은 음식물을 넉넉하게 챙겼으리라(알고 보니 그렇지도 않았지만) 생각하고서 우리는 그들을 외쳐 불렀지만 그들은 듣지 못한 모양이었다. 이튿날 아침 이슬비가 걷혔을 때(정오가 지나서야 완전히 걷혔다) 대형 보트는 온데간데없었다. 배의 흔들림 때문에 우리는 선 채로 주위를 둘러볼 수는 없었다. 나랑 같이 보트로 탈출한 두 남자는 나와 처지가 비슷한 승객인 헬머라는 사람과, 이름

---

* 〈데일리뉴스〉 1887년 3월 17일(원주)

** 뱃머리에서 앞으로 튀어나온 기움 돛대

은 모르겠고 땅딸하고 탄탄한 몸집에 말을 더듬는 뱃사람이었다.

우리는 배를 곯고 떠다녔다. 마실 물이 다 떨어지자 견딜 수 없는 갈증에 고통스러웠다. 8일간을 그렇게 보냈다. 이틀 뒤부터 파도가 점점 가라앉아 바다는 유리처럼 잔잔해졌다. 평범한 독자들은 그 여드레를 감히 상상하지 못하리라. 다행히도 여러분은 그런 상상을 할 만한 기억을 갖고 있지 않을 것이다. 첫날 이후로 우리는 거의 말을 하지 않았다. 배 안에서 각자의 자리에 누워 수평선을 가만히 응시하는 우리 눈동자는 날이 갈수록 커지고 눈매는 거칠어졌다. 비참과 쇠약이 우리 일행을 잠식해갔다. 태양은 인정사정없었다. 나흘째에 물이 떨어졌다. 우리는 벌써 괴괴망측한 일들을 생각했고 그 생각들을 눈빛으로 말하고 있었다. 엿새째였다고 기억되는데 우리 모두가 한 번씩 생각해본 그 일을 헬머가 입에 올렸다. 메마르고 가느다란 목소리들인지라 서로에게 몸을 기울여 말하고 들었으며 말수도 아껴야 했다. 배를 침수시켜 뒤따라오는 상어들 사이에서 다 함께 최후를 맞고픈 유혹에 맞서 나는 온 힘으로 버텼다. 헬머가 자신의 제안대로 하면 물을 마실 수 있다고 말하자 뱃사람이 그에게 다가갔다.

그러나 나는 제비를 뽑지 않을 작정이었다. 그날 밤에 뱃사람이 헬머에게 자꾸자꾸 속삭였고 나는 접칼을 쥐고 뱃머리에 앉아 있었다. 싸울 힘이 내게 남아 있는지조차도 의문이었다. 아침에 나는 헬머의 제안에 찬성했고 우리는 반 페니짜리 동전으로 희생자를 골랐다. 제비에 뽑힌 사람은 뱃사람이었다. 하지만 그는 우리 중에 힘이 제일 센 사람이어서 규칙을 따르지 않고 두 손으로 헬머를 공격했다. 두 사람은 엉겨 붙어 싸우면서 몸을 거의 일으켜 세웠다. 나는 그들을 따라 배 안에서 기어다니며 헬머를 거들 요량으로 뱃사람의 다리를 움켜잡을 틈을 노렸다. 하지만 뱃사람이 발부리가 걸려 휘청하자 보트가 기우뚱했다. 그 바람에 둘은 뱃전으로 넘어지고 배 밖으로 굴러 한 덩어리로 떨어졌다. 그들은 돌처럼 가라앉았다. 그것을 보고 나는 껄껄 웃었다고 기억한다. 내가 왜 웃었을까. 나는 갑자기 무엇에 들린 사람처럼 웃어젖혔다.

나는 노 젓는 자리에 한정 없이 가로누워 생각했다. 내게 기운이 남았으면 바닷물을 마시고 일찌감치 미쳐 죽었을 텐데. 거기 누워서 저 멀리 수평선에 돛단배 한 척이 나타나는 모습을 보고도 무슨 그림을 대하는 것처럼 심드렁했다. 정신이 몽롱했는데도 그때의 일을 모두 생생하게 기억한다. 내 머리가 파도를 따라 흔들리고 수평선과 그 수평선 위의 돛단배가 아래위로 일렁이던 게 기억난다. 또한 또렷하게 기억나는 게 있다. 나는 내가 죽었다고 생각했다. 조금만 일찍 왔어도 살아 있는 나를 구할 수 있었을 텐데 이 무슨 운명의 장난이냐고 생각했다.

영원한 시간 동안(그렇게 느껴졌다) 나는 머리를 노 젓는 자리에 누이고 스쿠너가 수평선에서 빠져나오는 모습을 지켜보았다. 크지 않은 배로, 이물과 고물에 스쿠너식 돛을 장비하고 있었다. 바람이 거세었기 때문에 배는 바람을 안고 큰 각도를 그리며 이리저리 갈지자로 다가왔다. 나는 주목을 끌어야겠단 생각은 전혀 하지 않았다. 배 옆구리를 본 뒤부터 어떤 좁은 선실에서 깨어나기까지는 기억이 뚜렷하지 않다. 현문*으로 들어 올려진 게 어렴풋이 기억나고 현장** 너머로 나를 응시하던 주근깨투성이에 빨간 머리를 한 크고 둥근 얼굴이 흐릿하게 떠오른다. 또한 눈이 희한하게 생긴 어떤 시커먼 얼굴이 나를 들여다보던 게 단속적으로 그려진다. 사나운 꿈인 줄 알았지만 다시 그 얼굴을 만나게 되었다. 어떤 액체가 내 입술 사이로 흘러든 듯도 싶다. 그 외에는 기억나지 않는다.

---

* 선박의 뱃전 옆에 설비한 출입구

** 갑판 위에 있는 사람이나 짐이 밖으로 떨어지거나 물이 갑판 위로 올라오는 것을 막으려고 뱃전에 설치한 울타리

2. 미지(未知)로 가는 남자

내가 깨어난 선실은 좁고 지저분했다. 금발에 뻣뻣한 담황색 콧수염, 아랫입술이 축 처진 한 젊은 남자가 내 손목을 잡고 앉아 있었다. 잠깐 동안 우리는 말없이 서로를 바라보았다. 남자는 텅 빈 듯한 기묘한 눈빛에 엷은 회색 눈을 하고 있었다. 그때 배가 흔들리면서 바로 머리 위쪽에서 침대의 철제 골격 같은 게 쿵 부딪치는 소리가 나고 뒤이어 어떤 큰 짐승의 나직하고 성난 으르렁거림이 들려왔다. 그때 남자가 말했다.

"기분은 어떻소?"

하고 질문을 되풀이했다.

나는 괜찮다고 대답한 것 같다. 내가 왜 여기에 있는지 기억해낼 수 없었다. 내 얼굴에 쓰인 질문을 읽었는지 남자가 말했다(내 목소리가 내 귀에 들리지 않은 것으로 보아 그 질문을 입으로 한 것 같진 않다).

"당신은 보트에서 굶주리다가 구조되었소. 보트에 쓰인 이름은 '레이디베인'이었고 뱃전에 핏자국들이 있었소."

그때 내 눈길이 내 손으로 갔다. 너무 앙상한 손이라 헐거운 뼈들이 가득 든 추저분한 가죽 주머니처럼 여겨졌다. 그러자 보트에서의 일이 고스란히 되살아났다.

"이것 좀 들어요."

남자가 얼음을 띄운 어떤 주홍빛 액체를 주었다.

피 맛 비슷했는데 그것 덕분에 기운이 좀 생겼다.

"당신은 행운이오. 의학자가 탄 배에 구조되었으니."

남자는 약간 혀짤배기소리에다 감상적인 어조로 말했다.

"이 배는 무슨 배요?"

나는 말을 오래 하지 않아서 쉰 목소리로 천천히 물었다.

"아리카*와 카야오를 거쳐 온 작은 무역선인데, 애초의 출항지가 어딘지는 나도 물어보지 않았지만 어떤 멍청이들의 나라에서 온 게 아닐까 싶소. 나는 아리카에서 탑승한 승객입니다. 이 배를 소유한 돌대가리가 또한 이 배의 선장이기도 한데 데이비스라는 작자요. 그자가 면허증인가 뭔가를 잃어버렸답니다. 하고많은 이름 중에 이페카쿠아나라는 멍청한, 덜떨어진 이름을 배에다 갖다 붙이다니 어떤 작자인지 뻔하잖소. 하긴 바람 한 점 없을 때는 그 이름에 값하는 배이긴 합니다만."

그때 천장 너머에서 또 그 소리가 들려왔다. 성난 으르렁거림과

---

* 아타카마 사막의 북부, 태평양 연안에 있는 칠레의 항구 도시

어떤 사람의 목소리가 함께 났다. 뒤이어 또 다른 목소리가 "하늘도 내다 버린 바보천치" 어쩌고 하며 윽박질렀다.

남자가 계속 말했다.

"당신은 하마터면 죽을 뻔했소. 사실 죽기 직전이었소. 하지만 내가 방금 당신한테 무얼 좀 주입했소. 팔이 좀 아플 거요. 주사를 놓았어요. 당신은 거의 30시간 동안 의식을 잃고 있었소."

나는 천천히 생각했다. 이제 여러 마리 개가 컹컹 짖어대는 소리에 내 주의가 산만해졌다.

"이제 굳은 음식을 먹어도 됩니까?"

내가 물었다.

"나한테 감사하시오. 지금 양고기를 끓이고 있습니다."

"고맙습니다. 양고기를 먹고 싶군요."

나는 확신에 차서 말했다.

"하지만."

그가 한순간 머뭇거리며 말했다.

"그 전에 선생이 어떻게 해서 그 보트에 혼자 남게 되었는지 그 까닭을 듣고 싶어 미칠 지경입니다. 빌어먹을 개 짖는 소리!" 하는 그의 눈에 어떤 수상쩍은 기미가 떠올랐다고 나는 생각했다.

남자는 갑자기 선실을 나갔다. 그가 누군가를 격렬하게 닦아세우는 소리가 들렸다. 그 누군가는 그에게 횡설수설 말대답을 하는 듯했다. 결국 주먹질로 언쟁이 마무리된 듯싶었는데 나는 내가 잘못 들은 게 아닌가 생각했다. 남자는 개들에게 소리를 지르더니 선실로 돌아왔다. 문간에서 그가 말했다.

"흐음, 이제 선생 얘기를 좀 듣고 싶군요."

나는 내 이름을 말했다. 에드워드 프렌딕. 그리고 내가 편안한 독신 생활의 무료함에서 벗어나 박물학을 소일로 삼게 된 경위를 설명했다.

남자는 내 이야기에 흥미를 보였다.

"저도 과학 쪽에서 일하고 있습니다. 단과대학에서 생물학을 전공했습니다. 지렁이 난소를 적출하고 달팽이 치설*을 추출하는 뭐 그런 실험을 했죠. 맙소사! 벌써 10년 전 일입니다. 계속 말해주시오, 선생, 계속! 그 보트에 대해 말해주시오."

남자는 내 솔직한 얘기에 흡족해하는 눈치가 역력했다. 나는 될수록 간략하게 설명했다. 기운이 영 없었다. 내가 얘기를 마치기가 무섭게 남자는 박물학과 그 자신의 생물학 연구로 화제를 돌렸다. 그러고는 토트넘 코트로(路)와 고어가(街)에 대해 꼬치꼬치 물었다.

"카플라치는 아직도 번창합니까? 정말 멋진 가게였는데!"

남자는 그 시절 아주 평범한 의과 대학생이었던 모양이다. 경솔하게 뮤직홀로 화제를 바꾼 남자는 내게 어떤 일화를 들려주었다.

"다 내버리고 떠났지요, 10년 전에. 정말 즐거웠는데! 그런데 내가 참 바보짓을 했어요. 정신을 차리고 보니 스물한 살이더군요. 이제 거기도 전부 바뀌었겠죠? 근데 이놈의 요리사가 양고기로 무슨 짓을 하는지 들여다봐야겠군."

으르렁거림이 천장 위에서 다시 들렸다. 너무 갑자기, 너무 사납

---

* 연체동물 입속에 있는 줄 모양의 혀

게 성내는 그 소리에 나는 깜짝 놀랐다.

"저건 뭐요?"

나는 나가는 남자를 향해 물었지만 남자는 문을 닫을 뿐이었다. 남자는 삶은 양고기를 들고 되돌아왔고 나는 군침 도는 냄새에 정신이 팔려 나를 불안하게 한 짐승 소리를 잊어버렸다.

만 하루 동안 잠자고 먹고를 되풀이한 끝에 꽤 회복된 나는 침대에서 일어나 현창으로 가서 우리와 보조를 맞춰 달리는 초록빛 바다를 내다보았다. 스쿠너는 순풍을 타고 미끄러지는 듯했다. 내가 거기 서 있는데 몽고메리(금발 남자의 이름)가 또 들어왔다. 나는 입을 옷을 부탁했다. 내가 구명보트에서 입고 있던 닳아빠진 옷은 이미 배 밖으로 버려진 뒤였다. 그는 자신의 즈크 바지를 빌려주었다. 나에겐 좀 헐렁한 옷이었는데 그는 나보다 사지가 굵고 길었다. 그는 지나가는 투로, 선장이 선장실에서 얼큰하게 취해 있다고 말해주었다. 나는 옷을 입으면서 이 배의 목적지에 관해 물었다. 몽고메리는 이 배가 하와이로 간다고 대답했다. 그전에 자기를 먼저 내려주기로 되어 있다고 했다.

"어디서?"

"내가 사는 어떤 섬이오. 내가 알기론 아직 이름이 없는 섬이라오."

아랫입술을 축 늘어뜨린 채 나를 응시하다가 그는 갑자기 흐리멍덩한 표정을 지어 보였다. 내 질문을 회피하고 싶은 모양이라고 판단한 나는 더는 묻지 않기로 했다.

3. 이상한 얼굴

선실을 나온 우리는 갑판 승강구에서 우리의 길을 막고 있는 한 사내와 맞닥뜨렸다. 그는 우리에게 등을 보인 채 사다리에 올라서서 덮개문 틈새로 밖을 엿보고 있었다. 괴상망측하게 생긴 사내로, 키 작고 퉁퉁한 몸집에 부조화한 체격, 굽은 등에 털투성이 목, 목은 양어깨 사이에 내려앉아 있었다. 암청색 모직 옷을 입었고 머리털은 유달리 숱이 많고 거친 검은색이었다. 내겐 보이지 않는 개들이 사납게 으르렁거리자 그가 몸을 홱 굽혔다. 그가 다가오지 못하게 하려고 내가 내민 손에 그의 몸이 닿았다. 사내는 동물처럼 민첩하게 몸을 돌렸다.

무어라 표현하기 어렵지만 그 검은 얼굴이 번쩍 떠오르는 순간 나는 깊은 충격을 받았다. 유별나게 흉측하게 생긴 얼굴이었다. 안면이 툭 튀어나와 있어서 개나 고양이의 주둥이를 어렴풋이 떠올리게 했다. 헤벌어진 큼직한 입 안에는 도저히 사람의 것 같지 않은 큼직한 흰 이빨이 보였다. 눈 가장자리엔 핏발이 서 있고 엷은 갈색 눈동자 둘레에는 흰자위가 거의 보이지 않았다. 야릇하게 흥분한 빛이 얼굴에 번들거렸다. 몽고메리가 말했다.

"망할 자식! 어서 길 비키지 않고 뭐 하고 있어?"

검은 얼굴의 사내는 말없이 얼른 비켜났다. 나는 승강구를 올라가며 본능적으로 사내를 응시했다. 몽고메리는 사다리 밑에 잠시 머물렀다. 그가 차분한 어투로 말했다.

"여기는 네가 있을 데가 아냐. 네 자리는 저기 앞쪽이잖아."

검은 얼굴 사내가 움츠러들며, "자꾸 나를 앞쪽에 못 있게 해요" 하고 기묘하게 쉰 목소리로 천천히 대답했다.

"너를 앞쪽에 못 있게 한다구?"

몽고메리가 협박조로 말했다.

"그래도 가. 가란 말이야!"

몽고메리는 무언가를 더 말하려고 하다가 돌연 나를 올려다보더니 나를 따라 사다리를 올랐다.

나는 덮개문 밖으로 몸을 빼다 말고 더없이 놀란 가슴을 가누지 못한 채 괴상하게 못생긴 그 검은 얼굴 사내를 뒤돌아보았다. 그렇게 역겹고 특이한 얼굴은 본 적이 없었다. 모순되는 말일 수도 있지만 지금의 이 놀라운 사내의 외모와 거동을 어디선가 분명 보았다는 기묘한 감정을 나는 동시에 경험했다. 내가 배 위로 끌어올려질 때 그를 보았던 게 아닌가 하는 생각이 나중에 들었지만 그럼에도 왠지 모르게 낯이 익다는 의구심은 좀체 떨쳐지지 않았다. 그렇게 이상한 얼굴을 본 적이 있으면서도 어디서 봤는지 기억나지 않는다는 건 납득하기 힘든 일이었다.

몽고메리가 뒤따라 올라오자 나는 관심을 돌려 작은 스쿠너 평갑판에 서서 주위를 휘둘러보았다. 짐승들의 소리를 들은 바 있기 때문에 나는 눈앞에 어떤 광경이 펼쳐질지 어느 정도 마음의 준비가 되어 있었다. 그렇게 지저분한 갑판은 처음이었다. 당근 쪼가리며 채소류 부스러기, 말로 다할 수 없는 쓰레기 들이 너저분하게 흩어져 있었다. 주(主)돛대에 사슬로 묶인, 소름 끼치는 사슴 사냥개들 여러 마리가 껑충껑충 뛰면서 나를 향해 짖어대기 시작했고, 뒷돛대 근처에는 우람한 퓨마 한 마리가 몸을 돌릴 수도 없을 만큼 비좁은 철제 우리 속에 갇혀 있었다. 우현 현장 저 아래쪽에는 얼마간의 토끼들이 들어 있는 큼지막한 토끼장이 몇 개 있었고, 뱃머리 쪽에는 라마 한 마리가 덩그러니 좁다란 우리 속에 욱여넣어져 있었다. 개들은 가죽띠로 부리망을 씌워놓았다. 갑판 위에 있는 유일한 사람이라곤 키를 잡고 있는 야위고 묵묵한 선원 한 명뿐이었다.

누덕누덕하고 더러운 뒷돛대 세로돛은 바람을 실어 팽팽했고, 저 위의 돛들로 보아 돛이란 돛은 모조리 올린 듯했다. 하늘은 청명했고 해는 서쪽으로 반쯤 기울었다. 산들바람을 타고 긴 파도들이 포말을 일으키며 우리와 함께 달렸다. 우리는 키잡이를 지나 배꼬리 난간으로 갔다. 고물 밑에서 물결이 거품 치고 그 거품이 춤을 추다 항적을 따라 사라졌다. 나는 돌아서서 배 안 풍경을 마뜩잖은 눈으로 훑어보았다.

"해상 동물원이오?"

내가 물었다.

"그렇게 보이죠."

몽고메리가 대답했다.

"이 동물들은 다 뭐요? 내다 팔 거요, 수집품이오? 선장은 이걸 남태평양 인근에서 팔아치울 작정이오?"

"그렇게 보이죠?"

몽고메리가 말하고서 항적을 향해 몸을 돌렸다.

느닷없이 승강구 덮개문 쪽에서 날카로운 외침과 격렬한 욕지거리가 들리는가 싶더니 검은 얼굴의 기형 사내가 쫓기듯 올라왔다. 그 바로 뒤로 하얀 캡을 쓴 짙은 빨간 머리 남자가 나타났다. 먼저 나타난 사내를 보고 사냥개들이 (그동안 나를 보고 짖느라 지쳤을 법도 하건만) 사납게 흥분해서 (사슬에 매였기에 망정이지) 으르렁거리고 껑충껑충 뛰었다. 그 개를 보고 검은 사내가 멈칫거리는 사이에 빨간 머리 남자가 거리를 좁혀들어 검은 사내의 양 어깨뼈 사이를 한 대 강타했다. 가엾은 기형 사내는 사납게 흥분한 개들 사이로 도살장 소처럼 넘어져서 오물 속을 나뒹굴었다. 개들에게 부리망을 씌웠기에 망정이지 자칫 큰일 날 뻔했다. 빨간 머리 남자는 광희의 외침을 지르고는 비틀거렸다. 그 모습이 내게는, 승강구 덮개문으로 되내려가야 할지 아니면 희생양 쪽으로 나아가야 할지 중대한 기로에 서 있는 사람처럼 보였다.

빨간 머리 남자가 나타나자마자 몽고메리가 앞으로 나오며 항의조로 소리쳤다.

"관두시오!"

선원 두어 명이 앞 갑판에 나타났다. 검은 얼굴 사내는 기이한 목소리로 울부짖으며 개들 다리 밑에서 뒹굴었다. 아무도 도우려 하지 않았다. 사냥개들은 부리망 씌운 주둥이를 사내에게 부딪치며 한껏 위협을 가했다. 엎드린 흉측한 형체 위로 유연한 회색 무늬 몸뚱이들이 신명 나게 춤을 추었다. 뱃머리 쪽 선원들이 훌륭한 오락거리를 대하는 양 꽥꽥 소리를 질러댔다. 몽고메리는 성난 외침을 지르고는 갑판을 성큼성큼 가로질러갔고 나도 뒤따랐다. 검은 얼굴 사내는 허겁지겁 일어나 휘청휘청 나아가서 주돛대 밧줄 옆 현장 너머로 상체를 숙였다. 그는 거기서 숨을 헐떡이며 어깨 너머로 개들을 노려보았다. 빨간 머리 남자는 만족스러운지 껄껄 웃음을 웃었다.

"이봐요, 선장."

몽고메리가 혀 짧은 소리에 억양을 주며 빨간 머리 남자의 양 팔꿈치를 붙잡았다.

"이러지 마시오!"

나는 몽고메리 뒤에 서 있었다. 선장은 반쯤 몸을 돌려 술 취한 사람 특유의 멍하고 엄한 눈매로 몽고메리를 대했다.

"뭘 이러지 마?"

하고는 졸리는 듯이 몽고메리의 얼굴을 잠시 들여다보다가 덧붙였다.

"말라빠진 뼈톱쟁이*!"

두 팔을 와락 털어 자유롭게 하고는 두 번의 서투른 시도 끝에 기

---

* 뼈를 톱질한다는 뜻으로 의사를 낮추어 이르는 말

미투성이 두 손을 양 호주머니에 찔러 넣었다.

"저 사람도 승객이오. 저 사람한테 손대지 않는 게 좋을 거요."

몽고메리가 말했다.

"지옥으로 가라!"

소리친 선장이 갑자기 돌아서서 뱃전을 향해 비틀비틀 걸어갔다.

"내 배에서는 내 맘대로 한다."

놈이 술에 취했으니만큼 그냥 내버려둬도 좋으련만 몽고메리는 한층 창백해진 기색으로 기어이 선장을 뒤따라 현장으로 갔다.

"이봐요, 선장. 저 사람을 막 대해선 안 되오. 배에 타고부터 줄곧 괴롭힘을 당하고 있단 말이오."

알코올 기운에 잠깐 말을 잃은 선장은 "말라빠진 뼈톱쟁이!" 외에는 할 말이 없는 듯했다.

몽고메리는 날마다 서서히 달아올라 백열이 될지언정 식어서 용서하는 일은 결코 없는, 그런 느리지만 악착같은 성미의 소유자 같았다. 게다가 이번 언쟁이 벌어지기까지 한동안 감정이 쌓였다는 것을 나는 알아채었다.

"술 취한 사람 상대해 봤자 좋을 거 없소."

내 참견이 주제넘었는지 모르겠다.

몽고메리가 축 처진 입술을 흉하게 일그러뜨리며 "이 양반은 늘 술에 절어 살아요. 술 취하면 승객을 폭행해도 된단 말이오?" 하자 선장이 한 손을 휘청휘청 동물 우리 쪽을 향해 흔들어대며 말했다.

"내 배는 원래 깨끗했어. 근데 지금 꼴을 봐!"

확실히 깨끗함과는 거리가 먼 꼴이었다. 선장이 말을 이었다.

"선원들도 깨끗하고…… 훌륭한 선원들이야."

"짐승들을 태우는 데 선장도 동의했잖소."

"당신네 지옥 섬은 두 번 다시 꼴도 보기 싫어. 그 따위 섬에 왜 짐승들이 필요하냐구? 그리고 당신 조수, 저 사람은 자기가 사람인 줄 알아. 미친 자야. 고물 쪽으로 왜 나오느냔 말이야. 이 말라빠진 배가 전부 당신 것인 줄 아나?"

"저 불쌍한 병신이 배에 타자마자 선장네 선원들이 괴롭혔잖소?"

"그래 맞는 말이야. 병신! 추악한 병신이지! 내 선원들은 저놈을 참을 수 없어. 나도 참을 수 없고. 우리 중 누구도 저놈을 참을 수 없어. 당신도 꼴 보기 싫어!"

몽고메리가 돌아서며,

"어쨌든 저자를 그냥 내버려두시오."

하고 말하면서 고갯짓했다.

하지만 선장은 시비를 걸 셈인지 언성을 높였다.

"저자가 고물 쪽으로 다시 한번 나오는 날엔 저자의 뱃속을 까뒤집어놓을 거야. 장담하건대 저자의 말라빠진 뱃속을 까뒤집어놓을 거라구! 당신이 뭔데 나한테 이래라저래라 하는 거야? 나는 이 배의 선장이야. 선장에다 선주야. 내가 여기서 법이다. 법이자 선지자다. 이건 계약과 다르잖아. 나는 한 남자와 그의 조수를 아리카까지 왕복으로 태워다주고 어떤 짐승들을 실어주기로 약속했지 웬 미친 병신과 빙충맞은 톱쟁이와 또……."

글쎄, 선장이 몽고메리를 무어라 불렀는지는 중요하지 않다. 몽고메리가 한 발짝 다가서는 것을 보고 내가 끼어들어 말했다.

"술 취한 사람이오."

그러자 선장은 더욱 더러운 험구를 늘어놓기 시작했다.

"닥쳐!"

내가 홱 돌아서서 선장에게 쏘았다. 몽고메리의 창백한 얼굴에 위험한 빛이 번뜩이는 걸 보았기 때문이다. 이 한마디에 억수 같은 욕설이 나에게 퍼부어졌다.

그래도 유별난 몸싸움으로 번질 뻔한 일을 막은 건 잘한 일이었다. 술 취한 선장의 악의에서 비롯된 일이긴 하지만. 나도 괴팍한 친구를 많이 사귀어봤지만 누군가의 입에서 그토록 많은 상스러운 말이 터져 나오는 것은 들은 적 없다. 온순한 기질인 나조차도 몇몇 구절은 참기 어려웠다. 그러나 선장한테 "닥쳐"라고 말할 때 나는 내가 기껏해야 하나의 인간 표류물임을 잊고 있었다. 나 자신의 재원(財源)과 단절된 채 무임 승선한, 어쩌다 인정에 (혹은 위험한 모험에) 내맡겨진 처지라는 걸 잊고 있었다. 선장은 내게 그 사실을 뚜렷이 상기시켰지만 어쨌든 나는 싸움을 막았다.

4. 스쿠너 난간에서

그날 밤 해진 뒤에 육지가 보였고 스쿠너는 속력을 늦췄다. 몽고메리는 그곳이 자기 목적지임을 넌지시 알렸다. 너무 멀어서 자세히 볼 순 없었다. 그저 불명료한 청회색 바다 위에 나지막이 떠 있는 암청색 천 조각 한 장 같아 보였다. 거기서 거의 수직으로 연기 한 가닥이 하늘로 피어올랐다. 그 섬이 시야에 들어왔을 때 선장은 갑판에 없었다. 내게 분풀이하고서 선장은 비틀거리며 아래로 내려갔는데 아마도 선장실 바닥에서 잠이 든 듯했다. 배를 지휘하는 사람은 사실상 항해사였다. 키를 잡던 과묵하고 여윈 그 사내였다. 사내는 몽고메리와 감정이 좋지 않은 듯했다. 사내는 우리 두 사람에게 최소한의 관심도 보이지 않았다. 내 편에서 몇 번 말을 걸어보았지만 별 효과가 없자 우리는 불편한 침묵 속에서 그와 식사를 했다. 선원들이 몽고메리와 그의 동물들을 유난히 불친절한 태도로 대하고 있음을 나는 알아차렸다. 몽고메리는 이 동물들을 싣고 가는 목적과 그 목적지에 대해서는 입을 굳게 다물었다. 호기심이 점점 커졌지만 나는 몽고메리를 압박하지 않았다.

하늘에 별이 총총해지도록 우리는 뒷갑판에서 얘기를 나누었다. 이따금 노란 불빛의 앞갑판에서 어떤 소리가 들려오고 때때로 동물들이 움직거리는 소리를 제외하면 아주 고요한 밤이었다. 눈빛을 반짝이며 우리를 지켜보는 퓨마는 하나의 검은 덩어리 모양으로 우리 한구석에 쭈그리고 누워 있었다. 몽고메리가 담배를 꺼냈다. 그는 회한에 찬 목소리로 런던을 얘기하면서 그간에 일어난 변화에 대해 온갖 질문을 퍼부어댔다. 런던의 삶을 사랑했고 그러다 갑자기 런던에서 돌이킬 수 없이 격리된 사람처럼 얘기했다. 나는 할 수 있는 한 이런저런 얘기를 주절거렸다. 대화 내내 그의 기묘한 면모가 내 가슴속에 부단히 새겨졌다. 나는 얘기를 하면서 내 뒤의 나침함을 밝히는 흐릿한 초롱불 불빛 속에 잠긴 그의 기묘하고 창백한 얼굴을 자세히 들여다보았다. 그러다가 어스름에 묻힌 바다를 내다보았다. 그의 작은 섬은 땅거미 속에 몸을 숨기고 있었다.

이 남자는 내 목숨만을 구하기 위해 광대무변에서 튀어나온 남자인가. 내일 그는 뱃전 밖으로 나가 내 눈앞에서 도로 사라질 것이다. 평범한 상황이었더라면 이에 대해 생각을 좀 해봤겠지만 그때 제일 먼저 든 생각은 많이 배운 한 남자가 저 무명의 소도(小島)에 산다는 의외성에 더하여 그가 운반하는 화물의 예외성이었다. 어느새 나는 선장이 했던 질문을 마음속으로 되풀이하고 있었다. 짐승들을 데려가서 무얼 하려는지? 내가 처음에 그 동물들을 언급했을 때 당신은 왜 그 동물들이 당신 것이 아닌 것처럼 말했는지? 그리고 또 그의 조수는 나름의 기괴성으로 나에게 깊은 인상을 남기지 않았는가. 이런 점들로 그의 주위에는 의문의 안개가 자욱했다. 내 상상력은 의문들의 포로가 되고 내 혀는 인질이 되었다.

자정이 가까워 런던 얘기는 시큰둥해지고 우리는 현장에 나란히 붙어 서서 각자의 생각에 빠진 채 고요한 별빛 바다를 꿈꾸듯 응시했다. 감상적인 분위기에서 내가 감사의 말을 꺼냈다.

"굳이 말하자면," 하고 잠시 사이를 뒀다가 내가 말했다.

"당신이 내 목숨을 구했습니다."

"우연이죠, 그저 우연입니다."

"생명의 은인에게 감사를 표하고 싶습니다."

"감사할 것 없습니다. 당신은 도움이 필요했고 나는 도움이 될 지식이 있었습니다. 그래서 내가 표본을 채집하듯 당신한테 주사를 놓고 음식을 먹였지요. 나는 무료해서 무엇이라도 하고 싶었습니다. 내가 그날 피곤함에 지쳤거나 당신 얼굴이 마음에 안 들었다면 글쎄…… 지금쯤 당신은 어디에 있을까요?"

이 말에 나는 기가 좀 꺾였다.

"어쨌든—" 하는데 그가 말을 끊었다.

"우연이라니까요. 사람의 삶이 다 그렇지 않습니까. 멍청이들만 그걸 깨닫지 못하죠! 내가 왜 런던의 온갖 쾌락을 즐기는 행복한 남자가 되지 못하고 문명 세계에서 쫓겨나 여기에 있겠소? 그건 단순히 11년 전에 내가…… 어느 안개 낀 밤에 10분쯤 제정신이 아니었던 까닭입니다."

그가 말을 멈추자 내가 대꾸했다.

"그래요?"

"그렇습니다."

우리는 침묵에 잠겼다. 이윽고 그가 껄껄 웃었다.

"오늘 별빛에는 입을 헤프게 하는 무언가가 있군요. 나는 멍청이인가 봅니다. 그래도 당신에게 얘기하고 싶은 걸 보니."

"당신이 무슨 얘길 하든지 난 비밀을 지키겠소. 비밀이라면."

그는 무언가를 말하려다가 자신이 없는지 고개를 내저었다. 내가 말했다.

"하지 마시오. 하나 안 하나 나한테는 똑같소. 아무래도 말하지 않는 게 좋겠소. 비밀을 말해서 얻을 거라곤 약간의 위안밖에 더 있겠소. 말한다면…… 글쎄?"

내 말에 그가 애매하게 툴툴거렸다. 내가 그를 한쪽으로 몰아세웠다는 것을 깨달았다. 그에게서 선택의 여지를 빼앗아버렸다. 솔직히 나는 한 청년 의학도가 무엇 때문에 런던에서 내몰렸는지 그리 궁금하지 않았다. 말 안 해도 대충 짐작이 갔다. 나는 어깨를 으쓱하곤 돌아섰다. 말 없는 검은 형체가 배꼬리 난간에 붙어 별을 바라보고 있었다. 몽고메리의 괴상한 조수였다. 내 기척에 얼른 어깨 너머로 돌아보더니 도로 고개를 돌렸다.

별일 아닐지도 모르지만 나는 불시에 한 방 얻어맞은 기분이었다. 근처의 불빛이라곤 타륜을 비추는 초롱불 하나뿐이었다. 그자의 얼굴이 어두운 고물에서 초롱불이 있는 이쪽을 번쩍 돌아보았을 때 나를 일별하는 눈이 연초록빛으로 빛났다. 그때에는 붉은빛 안

광을 가진 사람도 더러 있다는 사실을 몰랐다. 그 눈빛이 내겐 완전히 비인간적인 것으로 보였다. 그 검은 형체의 번쩍이는 눈빛에 나의 성인으로서의 사고와 감정이 모조리 무너지면서 잊고 있었던 어린 시절의 공포감이 한순간 되살아났다. 섬뜩한 기분은 곧 사라졌다. 조잡하게 생긴 시커먼 사내, 하잘것없는 그 사내가 별빛을 배경으로 고물 난간에 매달려 있었다. 몽고메리가 나한테 말했다.

"바람을 충분히 쐬었다면 이만 들어가볼까요?"

나는 어색하게 대답했다. 우리는 아래로 내려갔다. 내 선실 문 앞에서 몽고메리가 잘 자라고 인사했다.

그날 밤 나는 몹시 언짢은 꿈을 꾸었다. 늦게 뜬 그믐달의, 유령 같은 하얀 빛이 내 선실 안에 기어들어서 침대 널빤지 위에 음산한 실루엣을 그렸다. 이윽고 사냥개들이 깨어서 으르렁거리며 짖어댔다. 그래서 나는 띄엄띄엄 꿈을 꾸었고 새벽이 밝아올 때까지 별로 자지 못했다.

5. 오갈 데 없는 남자

이른 아침에(내가 회복하고 나서 맞이한 두 번째 아침으로, 구조된 뒤로 나흘째였을 것이다) 나는 총과 포효하는 군중이 난무하는 떠들썩한 꿈의 언저리에서 깨어났는데 내 어렴풋한 의식에 위쪽에서 들리는 목쉰 외침이 걸려들었다. 나는 눈을 비비고서 그 소음에 귀를 기울이고 누워서 여기가 어딘지 잠시 궁금해하고 있었다. 그런데 갑자기 맨발 소리가 타다닥 들리고 무거운 물건들이 이리저리 내던져지는 소리에다 거칠게 끼익하는 소리, 사슬이 철거덩거리는 소리가 났다. 배가 갑자기 방향을 돌리며 철퍼덕하는 물소리가 났고, 포말을 거느린 황록색 물결이 작은 원창(圓窓)으로 날아들어 물벼락을 끼얹었다. 나는 급히 옷을 꿰어 입고 갑판으로 향했다.

사다리를 오르는데 해가 막 떠오르는 불그스름한 하늘을 배경으로 선장의 널찍한 등판과 빨간 머리가 보였다. 선장의 어깨 너머로 퓨마가 뒷돛대 세로돛 하활에 장착된 도르래에 매달려 빙글빙글 돌고 있었다.

그 불쌍한 짐승은 심하게 겁을 먹었는지 좁은 우리 바닥에 착 엎드려 있었다.

"다 끄집어내려!"

선장이 소리쳤다.

"다 끄집어내려! 저것들을 다 치우면 배는 금방 깨끗해질 거야."

선장이 내 앞길을 막고 있었다. 그래서 나는 갑판으로 나가기 위해 그의 어깨를 톡톡 두드릴 수밖에 없었다. 선장이 움칠 몸을 돌려 휘청 몇 걸음 뒤로 물러나 나를 노려보았다. 뛰어난 감식안이 아니더라도 선장이 아직도 술 취해 있음을 알아볼 수 있었다.

"아이쿠!" 하고 선장이 멍청하게 말했다.

"이게 누구신가…… 미스터…… 미스터?"

"프렌딕입니다."

내가 말했다.

"프렌딕은 뭔 얼어 죽을! '닥쳐'…… 그게 당신 이름이오. 닥쳐 씨."

듣기 좋은 말은 아니었지만 그건 약과에 불과했다. 선장은 현문 쪽으로 손을 내뻗었다. 거기에서 몽고메리가 웬 더러운 푸른색 플란넬 차림의 덩치 큰 백발 남자에게 말하고 있었다. 백발 남자는 막 배에 오른 게 분명했다.

"저리로! 말라빠진 닥쳐 씨! 저리로!"

선장이 포효했다.

몽고메리와 그 말 상대가 우리 쪽을 쳐다보았다.

"무슨 말이오?"

내가 물었다.

"저리로, 말라빠진 닥쳐 씨! 못 알아듣겠나? 내리라구, 닥쳐 씨, 빨리! 배를 깨끗이 치워야 해. 이 지랄 같은 배를 말끔히 치워야 해. 당신도 내리라구!"

나는 어안이 벙벙해서 선장을 쳐다보았다. 문득 그것이야말로 내가 바라는 바다, 하는 생각이 번쩍 들었다. 이 싸움 좋아하는 술주정뱅이 선장과 승객이라곤 달랑 나 하나뿐인 채로 여행하는 기회를 놓친다고 해서 내가 슬퍼할 이유는 없었다. 나는 몽고메리 쪽을 바라보았다.

"당신을 받아줄 수 없소."

몽고메리의 말 상대가 간명하게 말했다.

"나도 당신한테 갈 생각 없소!"

내가 멍하니 말했다. 그 남자처럼 모나고 단호하기 짝이 없는 얼굴은 일찍이 본 적 없었다.

"이봐요."

내가 선장 쪽으로 돌아서며 말을 꺼내는데 선장이 소리 질렀다.

"내려! 이 배에 더는 짐승과 식인종과 짐승보다 못한 놈들을 태울 순 없어. 당신도 내려, 닥쳐 씨. 저들이 당신을 받아주지 않는다면 물속에라도 뛰어내려. 어쨌든 내려, 당신 친구들이랑. 이 지랄 같은 섬은 지겹도록 봐왔어, 아멘! 이젠 끝이야."

"저기 몽고메리……."

내가 애걸했다. 몽고메리는 아랫입술을 비틀면서 옆에 선 백발 남자를 무력한 고갯짓으로 가리켰다. 자신에게는 나를 도울 힘이 없다는 표시였다.

"좀 있다 보자."

선장이 말했다.

그리고 세 사람 사이에 희한한 언쟁이 시작되었다. 나는 그 세 사람에게 번갈아가며 부탁했다. 내리게 해달라고 백발 남자에게 부탁한 게 처음이었고, 다음으로 선장한테는 배에서 내쫓지 말아달라고 청했다. 선원들에게까지 목청 높여 애원했다. 몽고메리는 한마디도 하지 않고 고개만 내저을 뿐이었다.

"당신은 배에서 내리란 말야."

선장이 반복했다.

"얼어 죽을 법! 여기선 내가 왕이야."

싸늘한 으름장에 에워싸여 저항하던 내 목소리는 결국 불현듯 갈라지고 말았음을 고백하지 않을 수 없다. 순간 신경질적 격분에 휩싸인 나는 고물로 가서 참담한 심정으로 망연히 허공을 바라보았다.

그동안 선원들은 짐 꾸러미와 짐승이 든 우리들을 배에서 내리는 작업을 빠르게 진행했다. 네모돛 두 개를 단 커다란 거룻배 한 대가 스쿠너 뱃전 밑에 대어 있었는데 그 이상한 잡색의 물건들을 그리로 내렸다. 밑에서 짐을 받는, 섬에서 온 일꾼들을 내가 보지 못한 것은 거룻배 선체가 스쿠너 뱃전에 가려 보이지 않았기 때문이다.

나에겐 털끝만큼도 신경 쓰지 않고 몽고메리와 백발 남자는 물건을 하역하는 선원 네댓을 돕고 지시하느라 분주했다. 선장도 나섰지만 그는 도움보다 방해가 되었다. 나는 암담함과 될 대로 되겠지 하는 자포자기 사이를 오락가락했다. 거기 서서 사태가 저절로 풀리길 기다리면서 나는 불현듯 내 비참한 처지를 두어 번쯤 껄껄 비웃었다. 아침을 거른 자의 초라함을 오롯이 느꼈다. 배고픔과 기력 부족은 사람의 사람다움을 모조리 빼앗아간다. 선장이 무슨 방법을 써서 나를 축출한다 해도 이에 저항할 힘은 물론이고 나 자신을 몽고메리와 백발 남자에게 강제로 떠맡길 기력도 없었다. 나는 운명을 수동적으로 기다렸다. 나라는 존재완 아랑곳없이 몽고메리의 화물들이 거룻배로 계속 옮겨졌다.

이윽고 작업이 끝나자 내게 시련이 닥쳐왔다. 나는 현문으로 질질 끌려갔고 내 저항은 미약했다. 거룻배에 몽고메리와 함께 있는 이상한 갈색 얼굴 남자들을 그때도 언뜻 보긴 했다. 거룻배는 발 디딜 틈 없는 만선인 데다 스쿠너를 장대로 밀어 황급히 그 사이를 벌리고 있었다. 내 발밑에 폭이 넓어지는 초록빛 물결이 나타났다. 나는 거꾸로 떨어지지 않으려고 온 힘을 다해 뒤로 버텼다. 그 모습에 거룻배에 탄 일꾼들이 조롱하듯 꽥꽥 소리치자 몽고메리가 그들에게 욕을 퍼부었다. 선장과 항해사와 선원 한 명이 나를 고물 쪽으로 휘몰아쳤다.

레이디베인호의 구명보트를 배 뒤에 묶어 여기까지 끌고 왔는데 구명보트에는 물이 반쯤 들어차 있고 노도 없고 음식물도 없었다. 나는 보트에 타기를 거부하고 갑판에 납작 엎드렸다. 결국 놈들은 나를 밧줄에 매달아 (고물 사다리가 없었기 때문에) 보트에 태우고는 배와 연결한 줄을 끊어 나를 미아로 만들었다. 나는 스쿠너에서 조금씩 멀어졌다. 오락가락하는 정신으로 나는 스쿠너의 모든 인력이 삭구를 정비하는 모습을 보았다. 그 배는 천천히, 그러나 확실히 뱃머리를 바람 불어오는 쪽으로 돌렸다. 돛들이 나부끼고 바람을 안자 팽팽해졌다. 해풍에 시달린 그 뱃전이 내 쪽으로 크게 기우뚱하는가 싶더니 이내 내 시야에서 벗어났다.

나는 배 쪽으로 눈길을 돌려 뒤쫓고픈 마음이 없었다. 처음엔 무슨 일이 벌어진 건지 얼떨떨했다. 나는 구명보트 바닥에 쭈그려 앉아 어안이 벙벙한 채 텅 빈 반드러운 바다를 멀거니 바라보았다. 그러다 문득 깨달았다. 이 손바닥만 한 지옥의 구명보트에 내가 다시 내버려졌다는 사실을. 이번에는 물이 반쯤 들어찬 상태였다. 나는 뱃전 너머로 돌아보았다. 스쿠너가 저만치 떨어져 있었다. 그 배꼬리 난간에 붙어 빨간 머리 선장이 나를 비웃고 있었다. 섬 쪽으로 고개를 돌리니 거룻배가 해변에 접근하면서 점차 작아지고 있었다.

내가 버려졌다는 사실을 불현듯 잔인하게 체감했다. 재수 좋게 섬 쪽으로 흘러가지 않는 한 내가 그 섬에 닿을 방법이라곤 없었다. 독자들도 아시겠지만 이 보트에 태워진 나는 여전히 쇠약했다. 뱃속은 비었고 기력은 없었다. 기운이라도 좀 있었으면 자신감을 그토록 잃진 않았을 텐데. 사실로 말하면 나는 느닷없이 울음을 터뜨리며 흐느꼈다. 눈물이 볼을 타고 흘러내렸다. 절망에 휩싸여 두 주먹으로 보트 바닥에 고인 물을 내리쳤다. 뱃전을 거칠게 발로 찼다. 나를 죽게 해달라고 신에게 소리 높여 기도했다.

6. 험상궂게 생긴 수부(水夫)들

그런데 섬사람들이 내가 진짜로 표류하는 것을 보고는 나를 딱하게 여긴 모양이었다. 나는 아주 천천히 동쪽으로 떠내려가 섬으로 비스듬히 접근했다. 거룻배가 방향을 돌려 내게로 돌아오는 것을 보고 극도로 흥분했던 나는 안도감을 느꼈다. 거룻배는 만선이었다. 배가 가까이 다가오자 나는 그 배꼬리 공간에 들어찬 개들과 여러 포장 상자 사이에 끼어 앉은 몽고메리의 동료, 그러니까 백발에 어깨가 쩍 벌어진 남자를 분간할 수 있었다. 그 남자는 꼼짝없이, 그리고 말없이 나를 뚫어져라 바라보았다. 예의 검은 얼굴 기형 사내도 퓨마 근처 뱃머리에서 나를 뚫어지게 노려보았다. 그밖에 사내 셋이 더 있었다. 짐승같이 생긴 이상한 사내 셋으로, 그들을 향해 사냥개들이 사납게 으르렁거렸다. 키를 잡고 있는 몽고메리가 배를 내 옆에 대고는 일어나서 내 보트 밧줄을 잡아 거룻배 키 손잡이에 고정했다. 거룻배에는 빈자리가 없어 내가 탄 보트를 그대로 견인하기 위해서였다.

이제 병적 흥분 상태에서 벗어난 나는 몽고메리가 다가오면서 나를 외쳐 부르는 소리에 용기백배하여 대답했다. 구명보트가 물에 잠기기 직전이라고 내가 말하자 그는 나무 들통을 내밀었다. 두 배 사이의 밧줄이 팽팽해지자 나는 뒤로 휘청했다. 한동안 물을 퍼내느라 정신없었다.

물을 거의 다 퍼내고서야(도중에 파도가 보트 안으로 들어왔지만 보트는 아주 튼튼했다) 거룻배에 있는 사람들을 다시 쳐다볼 짬이 생겼다.

백발 남자ㄴ가 변함없이 나를 지켜보고 있었다. 그런데 이제 보니까 어떤 곤혹에 찬 표정이었다. 나랑 눈이 마주치자 자신의 양 무릎 사이에 끼어 있는 사냥개를 내려다보았다. 이미 말했듯 건장한 남자로 반듯한 앞이마에 이목구비가 큼직큼직했다. 나이가 들어가며 흔히 그렇듯 눈꺼풀 위 살가죽이 기묘하게 축 늘어져 있었다. 큼지막한 입의 가장자리가 아래로 처져서 호전적인 고집의 소유자 같았다. 그가 몽고메리에게 나에게는 들리지 않는 나직한 목소리로 말했다.

내 시선은 그에게서 벗어나 세 일꾼에게 가 닿았다. 이상한 수부들이었다. 그들의 얼굴을 막 보는데 그 얼굴들에 무언가가 있었다. 그게 무엇인진 몰랐지만 어떤 기이한 역겨움이 울컥 치밀었다. 나는 그들을 계속 지켜보았다. 역겨운 인상을 불러일으키는 게 무엇인지 알 길 없었지만 그 인상은 지워지지 않았다. 까무잡잡한 사내들로, 어떤 얇고 더러운 흰 천으로 팔다리는 물론이고 손이며 발까지 감싼 꼴이 이상했다. 그렇게 몸을 감싼 남자들은 일찍이 본 적이 없었다. 그런 차림을 한 동양 여자들을 일부 보긴 했지만. 터번도 두르고 있었다. 그 터번 아래 장난꾸러기 악동 같은 얼굴들이 나를 빠끔히 내다보았다. 아래턱이 튀어나오고 눈이 반짝이는 얼굴들이었다. 말갈기 비슷한 길고 부드러운 검정 머리털이 나 있었다. 앉은키가 그렇게 큰 인종은 다른 데서 본 적이 없었다. 예의 백발 남자의 키가 족히 180센티미터는 넘어 보였는데 그런데도 그 세 사내보다 머리 하나가 작았다. 나중에 알았지만 사실 그들은 나보다 키가 큰 편이 아니었다. 몸통이 비정상적으로 길었고 넓적다리는 짧고 기묘하게 뒤틀려 있었다. 아무튼 지지리도 못생긴 패거리였다. 그 패거리 머리 너머로 뱃머리 쪽 네모돛 밑에 있는, 어둠 속에서 발광하던 눈을 가진 검은 얼굴 사내가 보였다. 그들을 응시하다가 그들과 눈길이 마주쳤다. 그러자 한 명 한 명씩 내 노골적인 눈길을 피해 야릇하고 은근한 눈초리로 나를 살폈다. 그들을 성가시게 하고 있다는 생각이 문득 들어 나는 점점 가까워지는 섬으로 관심을 돌렸다.

초목이 무성한, 야트막한 섬이었다. 처음 보는 종려나무가 그 섬의 주종이었다. 어느 한 지점에서 흰 수증기인지 연기인지가 한 줄기 가느다랗게 비스듬히 피어올라 하늘 높이 올라가서 솜털처럼 흩어졌다. 우리는 이윽고 양옆으로 나지막한 벼랑이 들어선 널찍한 내포(內浦)의 품에 안겼다. 흐릿한 회색 모래밭 해변은 가파르게 뻗어 올라 나무와 수풀이 난잡하게 자란 해발 20미터쯤 되는 등성이에 닿았다. 그 중간쯤에 어떤 회색빛 돌을 사각으로 둘러친 돌담이 있었다. 곧 알게 된 사실이지만 일부는 산호로, 일부는 부석질 용암으로 쌓은 담이었다. 이 울담 안에 초가지붕 두 개가 솟아 있었다. 물가에서 한 사내가 우리를 기다렸다. 해변에 닿기 한참 전에 나는 몹시 기괴하게 생긴 어떤 형체들이 경사지 덤불 속으로 후다닥 뛰어드는 모습을 본 것 같았지만 해변에 가까워지면서는 그 형체들을 보지 못했다. 우리를 기다리는 자는 중키에 흑인 같은 검은 얼굴이었다. 입술이 거의 없는 큼지막한 입에 괴상하게 길고 유연한 팔, 길고 가느다란 발에 바깥으로 휜 다리를 하고서 무거운 머리통을 앞으로 쭉 뽑고 우리를 지켜보았다. 그는 몽고메리와 백발 남자처럼 푸른 서지로 지은 재킷과 바지를 입었다. 우리가 가까이 접근하자 사내는 괴상하기 짝이 없는 몸동작으로 해변을 왔다 갔다 했다.

몽고메리가 한마디 지시를 내리자 거룻배의 네 사내가 벌떡 일어나서 별나게 서툰 몸짓으로 네모돛을 내렸다. 몽고메리가 배를 돌려, 해변에 파놓은 비좁은 선거(船渠)로 몰아넣었다. 그러자 해변의 사내가 우리에게 허둥지둥 왔다. 내가 선거라고 부르는 이 독(dock)은 사실 지금의 조수 상태에서 그 거룻배를 겨우 받아들일 길이의 한낱 도랑에 지나지 않았다. 뱃머리가 모래를 파고드는 소리가 나자 나는 거룻배와 구명보트를 나무 들통으로 떼어내고는 밧줄을 풀고 상륙했다. 흰 천을 걸친 세 사내가 어색하기 짝이 없는 몸짓으로 어기적어기적 모래밭으로 기어 나와 뱃짐 부리는 작업을 시작했고, 해변의 남자가 거들었다. 천을 두르고 붕대를 감은 세 수부의 희한한 다리 동작에 특히 마음이 쓰였다. 뻣뻣한 건 아니고 어떤 야릇한 식으로 뒤틀렸달까, 관절이 어긋난 사람처럼 보였다. 백발 남자가 세 수부와 함께 배에서 내리자 개들이 수부들을 쫓아 사슬을 팽팽히 당기며 왕왕댔다. 덩치 큰 세 사내가 이상한 목구멍 소리로 서로 말을 나누자 해변에서 우리를 기다렸던 남자가 수부들에게 열띠게 재잘거렸다(무슨 외국어인 것 같았다). 그러면서 그들은 고물에 쌓인 어떤 짐짝들을 들었다. 그런 목소리를 어디선가 들어본 것 같은데 어디선지는 기억나지 않았다. 백발 남자가 개 여섯 마리의 법석을 제지하며 그 소란 속에서 우렁우렁 지시를 내렸다. 키를 떼어낸 몽고메리까지 배에서 내리자 모두 하역 작업에 달라붙었다. 나는 너무 허약해서 일손을 도울 수 없었다. 장시간 굶은 데다 태양빛이 내 맨머리를 가차 없이 내리치고 있었다.

이윽고 백발 남자가 내 존재를 의식했는지 내게로 다가왔다.

"아침을 먹은 사람같이는 보이지 않는구려."

눈썹을 찌푸린 밑에 작은 까만 눈동자가 반짝였다.

"그 점은 미안하게 생각하오. 이제 우리 손님이 됐으니 우리가 당신을 편하게 해주겠소. 불청객이긴 하지만" 하고 내 얼굴을 골똘히 들여다보았다.

"몽고메리의 말로는 배운 사람이라고 하던데, 프렌딕 씨, 과학을 좀 안다던데? 그게 무슨 뜻인지 알 수 있겠소?"

나는 왕립과학원에서 몇 년을 보냈고 그 뒤에 헉슬리 밑에서 생물학을 좀 연구했노라고 대답했다. 그 말에 그는 눈썹을 살짝 치켜올렸다.

"그럼 문제가 좀 달라지는걸, 프렌딕 씨" 하고 좀 더 존중하는 태도로 말했다.

"공교롭게도 우린 다 생물학자들이오. 이곳은 말하자면 생물학

근거지랄까."

그의 눈길이 퓨마를 롤러에 싣고 담장 쪽으로 분주히 끌어가는 흰 천 두른 사내들에게 머물렀다.

"적어도 나와 몽고메리는 그렇지" 하고 말을 덧붙였다.

"당신이 언제 이곳을 떠날 수 있을지는 장담 못 하겠소. 여긴 아무 데고 나갈 배편이 없소. 1년에 한 번 배 구경을 하는 실정이오" 하곤 갑자기 나를 떠나서 예의 무리를 지나 해변을 올랐다. 울담 안으로 들어가려는 모양이었다. 몽고메리와 다른 두 사내가 작은 꾸러미한 무더기를 나지막한 짐수레에 싣고 있었다. 라마와 토끼장들이 아직껏 거룻배에 남아 있었다. 사냥개들이 수부들을 향해 여태 맹렬히 짖고 있었다. 적재가 끝나자 짐을 가득 실은 수레에 세 사내 모두 달라붙어 퓨마 쪽으로 밀기 시작했다. 조금 뒤에 몽고메리가 그들을 내버려두고 내게 돌아와서 악수를 청했다.

"어쨌든 나로서는 반갑습니다. 그 선장은 멍청한 작자요. 당신을 이런 곤란에 빠뜨리다니."

"당신이 나를 두 번 살렸습니다."

"생각 나름이지요. 이 섬이 악마 같은 괴상한 곳임을 곧 알게 될 겁니다. 내 장담합니다. 내가 당신이라면 함부로 나다니지 않도록 조심하겠습니다. 왜냐하면……" 하고 머뭇거렸다. 목구멍까지 올라온 말을 되삼키는 듯 보였다.

"이 토끼장 옮기는 걸 도와주시겠소?"

토끼를 부리는 방법이 독특했다. 나는 그를 따라 얕은 물에 들어가 토끼장 하나를 해변으로 같이 끌어내었다. 끌어내기가 바쁘게 토끼장 문을 열고 한쪽 끝을 기울여서 산 것들을 땅바닥으로 쏟아내었다. 녀석들은 서로 깔고 깔리고 하면서 아등바등 한 무더기로 떨어졌다. 몽고메리가 손뼉을 짝짝 치자 녀석들은 즉시 깡충깡충 해변을 뛰어 올라갔다. 열다섯에서 스무 마리쯤 되어 보였다.

"얘들아, 새끼 치고 불어나서 섬을 가득 채워라."

몽고메리가 말했다.

"지금껏 육류가 아주 부족했소."

사라지는 토끼들을 지켜보는 나에게 백발 남자가 휴대용 브랜디 병과 비스킷을 약간 들고 돌아왔다.

"우선 이거라도 좀 들게, 프렌딕" 하고 부쩍 친해진 사이인 것처럼 굴었다. 나는 불평하지 않고 비스킷에 덥석 달려들었다. 내가 비스킷에 몰두하는 동안 백발 남자는 몽고메리와 함께 토끼 스무 마리쯤을 더 풀어주었다. 나머지 토끼장 세 개는 퓨마가 있는 집 쪽으로 올라갔다. 나는 브랜디에는 손대지 않았다. 타고난 금주가였기 때문이다.

7. 잠긴 문

독자들도 이해하시겠지만 처음엔 내 주위 모든 것이 이상하기만 했다. 예상 못 한 사건 끝에 봉착한 처지이다 보니 나는 이것이 저것에 견주어 이상하다느니 하는 상대적 차이점을 분간 못 했다. 라마를 따라 해변을 올라가는데 몽고메리가 쫓아와서 돌담 안으로 들어가지 말라고 말했다. 우리에 갇힌 퓨마와 꾸러미 무더기가 그 네모꼴 마당 출입구 밖에 놓여 있는 것을 보았다.

뒤돌아보니, 짐을 다 부린 거룻배는 이제 밧줄을 풀고 뭍에 끌어올려져 있었다. 백발 남자가 우리 쪽으로 걸어와서 몽고메리에게 말했다.

"이제 이 불청객 문제가 남았군. 이 사람을 어떡하면 좋겠나?"

"과학을 좀 알더군요."

몽고메리가 대답했다.

"이 새로운 걸로 작업에 착수하고 싶어 좀이 쑤시는군."

돌담 쪽을 고갯짓하며 말하는 백발 남자의 눈이 반짝였다.

"그러시겠죠."

하는 몽고메리의 말투는 가식적이었다.

"이 사람을 거기에 들일 순 없네. 그렇다고 시간을 빼서 새 오두막을 지어줄 수도 없고. 신뢰하기에는 아직 이르고."

"결정에 따르겠습니다."

내가 끼어들었다. '거기'가 어디를 뜻하는지는 알 수 없었다.

"저도 같은 생각입니다. 바깥문이 딸린 제 숙소가 어떨까요?"

"좋아."

노인이 몽고메리를 보고 대뜸 말했다. 우리 세 사람은 돌담 쪽으로 갔다.

"의문스럽게 해서 미안하오, 프렌딕 씨. 당신이 불청객이다 보니. 우리 누추한 이 시설에 비밀 같은 게 있어놔서. 말하자면 '푸른 수염'의 방이랄까. 정신이 제대로 박힌 사람이 보면 사실 그리 무서울 것도 없지만 우리가 아직 선생을 모르다 보니……."

"그럼요. 믿어주지 않는다고 불평할 만큼 제가 경우 없는 사람은 아닙니다."

노인이 큼지막한 입을 비틀어 희미한 웃음을 띠었다. 입귀를 내린 채 웃음 짓는 그런 무뚝뚝한 사람이었다. 내 공손함에 대한 답례로 노인이 목례했다. 우리는 돌담 정문 앞을 지나쳤다. 육중한 목조 대문으로, 문틀을 쇠로 둘렀는데 잠겨 있었다. 거룻배 뱃짐이 문 밖에 쌓여 있었다. 우리는 한쪽 귀퉁이에 나 있는 쪽문으로 향했다. 아까는 미처 보지 못한 문이었다. 백발 남자가 기름 묻은 청색 상의 호주머니에서 열쇠 꾸러미를 꺼내 쪽문을 열고 안으로 들어갔다. 그 열쇠 꾸러미도 그렇고 가시거리 내에 있었으면서도 문을 꼭꼭 걸어 잠가둔 것이 남다르게 느껴졌다. 뒤따라 들어가니 작은 방 안이었다. 간소하지만 그럭저럭 편리하게 가구가 갖춰져 있었다. 빠끔히 열린 안문 뒤로는 포장한 마당이었다. 이 안문을 몽고메리가 즉시 닫아버렸다. 해먹 하나가 어둑한 방구석에 가로걸려 있었고 창유리가 없는 대신 철창살로 방비한 작은 창 하나가 바다를 내다보고 있었다.

이 방이 내 숙소가 될 거라고 백발 남자가 말했다. '사고의 우려 때문에' 안문을 바깥에서 잠글 것이니 그 뒤로는 가지 말라고 일렀다. 노인은 창가의 편리한 갑판 의자며 일련의 오래된 책들로 내 주의를 돌렸다. 해먹 근처 선반의 그 책들은 주로 외과 서적과 (나로서는 읽어낼 재간 없는 언어인) 라틴과 그리스 고전들의 총서였다. 노인은 바깥문으로 해서 나갔다. 안문을 도로 열고 싶지 않은 모양이었다.

"주로 여기서 식사합니다" 하고는 몽고메리는 물어볼 게 있는지 노인을 쫓아 나가며 "모로!" 하고 불렀다. 나는 그 순간에는 주목하지 않았지만 선반 위의 책들에 손을 대다가 문득 되새기게 되었다. 모로라는 이름을 전에 어디서 들은 것 같은데? 나는 창가에 앉아 아직 남아 있는 비스킷을 꺼내 아주 달게 먹었다. 모로라!

창밖으로 예의 기이한 흰 천 두른 사내 한 명이 해변에서 포장 상자 하나를 끌어가는 모습이 눈에 띄었다. 이윽고 사내는 창틀 밖으로 벗어났다. 곧이어 내 뒤쪽에서 자물쇠에 열쇠를 꽂아 돌리는 소리가 났다. 그 잠깐 뒤에 잠긴 문 너머로 사냥개 소리가 들려왔다. 해변에서 데리고 올라온 개들이었다. 짖지는 않았지만 킁킁대고 으르렁거리며 괴상하게 굴었다. 그놈들의 타다닥거리는 빠른 발소리가 들렸고 놈들을 달래는 몽고메리의 목소리가 들렸다.

대체 이곳에 무엇이 있기에 그 두 사람이 그렇게 철저히 비밀을 지키고자 하는 걸까, 나는 몹시 궁금했다. 잠시 나는 그 생각을, 그리고 모로라는 이름이 어쩐지 귀에 익다고 생각했다. 하지만 이상한 것이 사람의 기억이라고 그때는 그 유명한 이름을 그 이름의 의미와 관련지어 생각하지 못했다. 이제 내 생각은 방금 해변에 있던 기형 사내의 종잡을 수 없는 기이함 쪽으로 흘러갔다. 상자를 끌어당기던 사내의 이상한 걸음걸이와 몸짓은 일찍이 본 적이 없었다. 그 사내들 중 아무도 나한테 말을 걸지 않았음을 돌이켜보았다. 내 시야에 들어온 그들 대부분은 유달리 은밀하게 나를 한두 번 바라보긴 했지만 그 시선은 우리가 익히 아는 순박한 미개인들의 노골적인 시선과는 전연 달랐다. 사실 그들 모두는 너무 과묵했고 말할 때는 아주 요괴 같은 목소리를 냈다. 그들한테 무슨 문제가 있는 걸까? 몽고메리의 흉물스러운 조수의 눈도 떠올랐다.

막 그 사내를 생각하는데 당사자가 들어왔다. 그는 이제 흰옷을 입었고 작은 쟁반에 무슨 커피와 삶은 채소를 얹어 가지고 왔다. 그가 들어와서 온순하게 허리를 굽혀 내 앞 테이블에 쟁반을 내려놓을 때 나는 흠칫, 오싹함을 느낄 수밖에 없었다. 뒤이어 깜짝 놀라 얼어붙었다. 그의 실 같은 검은 머리채 밑에 귀가 보였다. 그 귀가 내 얼굴을 향해 쫑긋 일어섰다. 부드러운 갈색 털이 난 뾰족한 귀였다!

"아침 식사입니다."

그가 말했다.

나는 대답할 생각도 잊고 그 얼굴을 응시했다. 그는 돌아서서 문쪽으로 가면서 고갤 돌려 나를 이상하게 쳐다보았다. 나는 눈으로 그를 뒤좇았다. 그러다가 문득 무의식 두뇌 작용의 이상한 장난인지 머릿속으로 파고드는 한 구절이 있었다. '모로의 공허'였나? '모로의……' 아하! 10년 전의 기억이 되살아났다. '모로의 공포!' 잠시 마음속에서 그 구절이 둥둥 떠다녔다. 이윽고 황갈색 소책자에 붉은 글씨로 인쇄된 그 문구가 떠올랐다. 소름 끼치는 오싹한 내용의 소책자였다. 그제야 모든 게 또렷이 기억났다. 오래전에 잊은 그 소책자가 깜짝 놀랄 정도로 선명하게 뇌리에 떠올랐다. 내가 한갓 젊은 놈에 불과했던 그 시절 모로는 50세쯤 되어 보였다. 걸출한 생리학 대가로서 비범한 상상력과 비정한 직설 화법으로 과학계에서 유명했다.

이 사람이 그 모로인가? 수혈과 관련한 어떤 경악스러운 사실을 발표한 그는 이상생장(異常生長) 분야에도 업적을 남겼다. 그러다 갑자기 그의 활약이 중단되었다. 잉글랜드를 떠나야 했다. 한 보도 기자가 선정적인 폭로를 애초에 작정하고 실험실 조수 자격으로 모로의 실험실에 들어갔는데 어떤 충격적인 사고가 (사고라고 친다면) 일어나는 바람에 그 기자의 섬뜩한 소책자가 악명을 떨치게 되었다. 그 책자가 출판되던 날, 가죽이 벗겨지고 사지가 훼손된 비참한 개 한 마리가 모로의 집에서 탈출했다. 뉴스 고갈기인 늦여름이었다. 그 실험실 임시 조수의 사촌이었던 한 걸출한 편집자가 국민의 양심에 호소하고 나섰다. 양심이 실험 방법에 반기를 든 게 그때가 처음은 아니었다. 박사는 아우성에 떠밀려 나라를 떠났다. 자업자득이랄 수도 있지만 실험에 참여했던 동료 연구가들마저 미적지근한 입장을 표명하고 과학계 종사자 대다수가 등을 돌린 것은 분명 부끄러운 일이었다. 그 기자의 설명으로는 그럼에도 박사의 일부 실험은 잔인무도했다. 실험을 포기했더라면 사회와의 화평을 성립할 수도 있었으련만 박사는 그러지 않았다. 연구의 압도적인 마력에 한번 빠져든 사람이라면 누구나 그러하지 않을까. 박사는 결혼도 하지 않았고 실험 외 모든 일에 무관심했다.

이 인물이 그 모로 박사가 분명하다는 확신이 들었다. 어디로 보나 그랬다. 이제 다른 짐들과 함께 내 방 뒤쪽 마당으로 들어간 퓨마와 다른 동물들의 예정된 운명이 서서히 그려졌다. 그리고 어떤 독특한, 희미한 냄새를 감각하기 시작했다. 왠지 친숙한 그 냄새, 여태껏 내 의식 뒷전에 물러나 있던 그 냄새가 생각의 전면으로 불쑥 튀어나왔다. 해부실에서 쓰는 살균제 냄새였다. 퓨마의 으르렁거림이 벽을 뚫고 들렸고 개 한 마리가 두들겨 맞는 양 깽깽 울었다.

어쨌거나 다른 사람도 아니고 과학을 공부한 나에게는 이곳의 비밀을 생체해부로 설명하는 것만큼 공포스러운 일은 없었다. 이상스레 생각이 껑충 뛰어 몽고메리 조수의 뾰족한 귀와 발광하는 눈이 그 극명한 의미와 함께 뇌리에 선연히 그려졌다. 나는 눈앞의, 다시 부는 산들바람을 타고 포말을 일으키는 초록빛 바다를 멍하니 내다보았다. 이번을 포함해 지난 며칠간의 이상한 일들이 마음속에서 꼬리를 물었다.

이게 다 무슨 뜻일까? 외딴섬의 철통같은 담장, 악명 높은 생체실험, 뒤틀린 기형 사내들이라니!

8. 퓨마의 울부짖음

내가 미혹과 의심에 빠져 있는데 1시쯤 되어 몽고메리가 내 생각의 타래를 끊어놓았다. 그의 괴기스러운 조수가 쟁반을 들고 뒤따라 들어왔다. 쟁반 위에는 빵과 어떤 약초, 다른 먹거리들, 위스키 한 병, 물 한 주전자, 잔과 나이프 각 세 개가 있었다. 나는 그 괴상한 녀석을 곁눈질했고 녀석은 예의 야릇하고 불안한 눈으로 나를 지켜보았다. 몽고메리가 식사를 같이 하자고 했다. 모로는 일에 정신이 팔려 못 온다고 했다.

"모로! 그 이름을 들어봤소."

"제기랄, 그렇겠지! 당신한테 그걸 말하다니 이런 멍청할 때가! 그 생각을 못 하다니. 이제 당신은 우리의…… 수수께끼를 짐작할 수 있겠지. 위스키 드시겠소?"

"고맙지만 됐소. 난 금주갑니다."

"나도 그랬더라면. 하지만 말 잃고 마구간 고쳐봐야 소용없지. 이 지옥 같은 버릇 때문에 내가 여기로 오게 된 거요. 그것도 하필이면 안개 낀 밤에. 나는 그때 땡잡았다고 생각했소. 모로가 함께 떠나자고 제안했을 때 말이오. 그땐 이상하게……."

"몽고메리."

바깥문이 닫히자마자 내가 돌연 입을 뗐다.

"당신 조수의 귀가 뾰족하던데 무슨 까닭이오?"

"젠장!"

몽고메리가 막 음식을 한입 문 채 말했다. 잠깐 나를 바라보다가 되물었다.

"뾰족한 귀라고?"

"좀 뾰족하던데."

나는 되도록 차분하게 마음을 가라앉히고 숨을 죽이며 대꾸했다.

"귀를 덮는 부드러운 검은 털도 이상하고."

몽고메리는 생각에 생각을 거듭하는 표정으로 위스키와 물을 마셨다.

"그의 머리털이…… 귀를 가리고 있지 않았소?"

"당신이 보내준 커피를 그가 테이블 위에 놓으며 내 옆에서 허리를 굽힐 때 그 귀를 봤소. 더욱이 그의 눈이 어둠 속에서 빛났더랬소."

이윽고 몽고메리는 내 질문에 허를 찔린 충격에서 벗어난 눈치를 보였다.

"그가 귀를 가리고 다니는 것을 보고, 나는 그 귀에 무슨 문제가 있겠거니 생각했소. 귀가 어떻게 생겼던가요?"

몽고메리가 자신만의 독특한 혀짤배기소리와 억양으로 신중하게 말했다.

그의 태도로 보아 위장한 무신경이 분명했다. 그래도 나는 그를 거짓말쟁이로 몰아붙일 수는 없는 노릇이었다.

"뾰족했소. 좀 작았고 북슬북슬한 털이 있었어요. 분명 북슬북슬한 털이었소. 그의 전체 모습은 내가 본 중에 제일 괴상하게 생긴 모습이었소."

그때 우리 뒤쪽 담장에서 고통에 찬 동물의 날카롭고 칼칼한 울부짖음이 들려왔다. 음폭과 음량으로 보건대 퓨마가 틀림없었다. 몽고메리가 움칠하는 것을 나는 보았다. 그가 말했다.

"그래서요?"

"그를 어디서 데려왔습니까?"

"샌프란시스코에서. 추물이긴 하죠. 정신이 좀 모자라는 녀석이오. 어디 출신인지는 잊어버렸습니다. 하지만 나는 그 녀석한테 익숙해졌고 그 녀석도 나한테 익숙해졌습니다. 그 녀석이 당신한텐 어떻게 보였소?"

"왠지 부자연스러워 보이오. 그자한텐 뭔가가 있소. 상상이 아니라 정말 그자가 내 가까이 오면 어떤 역겨운 느낌이 일어나고 내 몸이 움츠러드오. 악마하고 접촉한 느낌이랄까."

내가 이 말을 하는 동안 몽고메리는 먹는 것을 멈추었다가, "괴상한 소리요! 난 모르겠소" 하고 음식을 입에 넣고 씹으며 말했다.

"난 모르겠소. 어쩌면 그 스쿠너의 선원들이 당신처럼 느끼고서 그 불쌍한 녀석을 집요하게 괴롭힌 것일 수도 있지. 그 선장을 봤지요?"

갑자기 퓨마가 또 그르릉거렸다. 이번에는 더 고통스러운 비명이었다. 몽고메리는 나직이 쌍소리를 했다. 내가 해변의 사내들에 관해 기습 질문을 할까 생각하는데 그 딱한 짐승의 날카로운 단말마가 연이어 터져 나왔다.

"해변의 사내들은 어떤 종족입니까?"

내가 물었다.

"훌륭한 녀석들이오. 안 그렇소?"

퓨마의 날카로운 울부짖음이 들리자 그는 눈썹을 찌푸리고 멍한 표정으로 대답했다.

나는 더는 말하지 않았다. 방금 전보다 더욱 끔찍한 비명이 들려왔다. 몽고메리는 엷은 회색 눈으로 나를 바라보다가 위스키를 홀짝거렸다. 그는 알코올로 내 목숨을 살렸다고 단언하면서 알코올에 관한 얘기에 나를 끌어들이려 애썼다. 내가 그에게 목숨을 빚졌다는 사실을 그는 강조하려고 안달하는 것 같았다. 나는 마음을 딴 데 두고 그냥저냥 대답했다.

이윽고 식사가 끝나자 뾰족한 귀를 가진 기형 괴물이 테이블 위를 치웠고 몽고메리는 나를 홀로 내버려두고 나갔다. 방에 있던 내내 몽고메리는 생체해부 되는 퓨마의 비명에 어떤 불안감을 어색하게 감추었다. 그는 자신이 이상하게도 담력이 부족하다고 말했다. 그래 놓고는 나를 그 소음에 몰두하도록 버려두고 가버렸다.

퓨마의 잇따른 비명은 유달리 불안감을 부추기는 구석이 있었다.

오후가 무르익으면서 그 비명의 음폭은 깊어지고 강도는 세졌다. 처음에는 그저 불쾌한 정도였던 소리가 지속적으로 되살아나자 기어코 내 마음의 안정이 여지없이 깨어졌다. 나는 읽고 있던 호라티우스의 주해서를 내던지고 두 주먹을 불끈 쥐고 입술을 꽉 다문 채 방 안을 왔다 갔다 했다. 이윽고 두 귀를 손바닥으로 틀어막았다. 그 울부짖음이 내 신경을 끈질기게 긁어댄 결과 나는 격심한 고통을 그 감옥 같은 방에서 더는 버텨낼 수 없는 지경에 이르렀다. 나는 문 밖으로 나가 나른한 오후의 열기 속으로 들어가서 정문을 지나쳐 걸었다. 정문은 또 잠겨 있었다. 나는 담 모퉁이를 돌았다.

예의 울부짖는 소리는 옥외에서 더 크게 들렸다. 세상의 모든 고통을 한데 뭉뚱그려놓은 소리 같았다. 바로 옆방에 그런 고통이 존재함을 알더라도 소리만 나지 않는다면 나는 훨씬 무난히 견뎌냈으리라 믿는다. 고통에 소리가 입혀지고 그 소리가 우리의 신경을 들쑤실 때에야 비로소 우리는 그 고통을 동정하는 수고를 한다. 찬란한 햇빛과 초록 잎사귀가 바닷바람에 산들거렸다. 그러나 둥실 떠다니는 검고 붉은 허깨비들로 세상은 침침하고 혼미했다. 이윽고 나는 바둑판무늬 돌담에 에워싸인 그 집의 가청 거리에서 벗어났다.

9. 숲속에서 본 것

나는 집 뒤편 등성이의 덤불을 통과했다. 발길이 어디로 향하는지 전혀 신경 쓰지 않았다. 그 위쪽으로 나무줄기가 곧게 뻗은 울창한 숲속을 나아갔다. 이럭저럭 그 반대편 등성이에 이른 나는 좁은 계곡에 흐르는 개울을 향해 내려갔다. 걸음을 멈추고 귀를 기울였다. 거리가 좀 떨어져서 그런지 아니면 울창한 풀숲의 소음(消音) 작용 때문인지 등성이 너머 돌담집으로부터의 소리가 하나도 들리지 않았다. 공기는 적요했다. 토끼 한 마리가 부스럭 나타나 전방의 비탈을 후다닥 뛰어올랐다. 나는 머뭇거리다가 그 풀숲 언저리에 앉았다.

그곳은 쾌적했다. 개울은 비탈의 무성한 초목에 가려 보이지 않았지만 한군데, 반짝이는 개울물이 삼각 헝겊처럼 드러나 보였다. 푸르스름한 안개에 묻힌 개울 건너편으로 뒤엉킨 나무들과 덩굴식물들이 보였고 그 위쪽으로 청명한 푸른 하늘이 보였다. 여기저기 찍어 바른 듯한 하양과 진홍은 어떤 포복 착생식물의 만발한 꽃이었다. 나는 잠시 이 풍경을 더듬어 보다가 시나브로 유별나게 괴상한 몽고메리의 조수 생각에 빠져들었다. 하지만 찬찬히 생각하기엔 너무 더워서 이윽고 나는 비몽사몽의 평온한 상태에 가라앉았다.

시간이 얼마쯤 흘렀을까. 개울 건너편 초록 잎사귀가 부스럭하는 소리에 문득 깨었다. 양치류와 갈대가 머리를 흔들어대는 모습뿐. 갑자기 개울 비탈에 무언가가 나타났다. 처음엔 그것이 무엇인지 분간할 수 없었다. 놈은 둥그런 머리를 개울에 숙여 물을 마시기 시작했다. 그제야 사람인 줄 알았다. 놈은 짐승처럼 네발을 사용했다. 푸르스름한 옷을 입었고 구릿빛 살결에 검은 머리였다. 여기 섬 주민들은 한결같이 괴상망측하게 생긴 모양이었다. 그자가 물을 마시면서 쩝쩝대는 소리를 나는 들을 수 있었다.

그자를 더 잘 보려고 몸을 앞으로 숙이다가 화산암 돌멩이 하나를 손으로 건드리는 바람에 그 돌이 또각또각 비탈을 굴러 내려갔다. 놈은 겁먹은 듯 고개를 쳐들었고 놈의 눈과 내 눈이 마주쳤다. 즉시 녀석은 황급히 두 발로 서더니 제 입을 흉측한 손으로 닦고는 나를 응시했다. 놈의 다리는 몸통 길이의 절반에 겨우 미쳤다. 우리는 그렇게 황망한 표정으로 서로를 바라보며 1분쯤을 있었다. 이윽고 녀석은 슬금슬금 두어 번 나를 돌아보면서 오른편 덤불 속으로 달아났다. 잎사귀들이 사각거리는 소리가 점점 멀어지다가 사라졌다. 녀석이 사라지고 나서도 한참 동안 나는 녀석이 달아난 쪽을 응시하며 앉아 있었다. 나른한 평온은 어느덧 가셨다.

등 뒤에서 무슨 소리가 나서 화들짝 놀라 홱 뒤돌아보았다. 토끼의 쫑긋한 흰 꼬리 하나가 비탈 위로 사라졌다. 나는 벌떡 일어났다. 조금 전 그 괴기스러운 반인반수의 출현으로 나는 문득 오후의 정적을 깊게 깨달았다. 좀 불안해져서 주위를 휘둘러보다가 무기를 휴대하지 않은 것을 후회했다. 그 짐승 같은 사내가 벌거벗고 다니는 야만인과는 달리 푸르스름한 옷을 걸쳤다는 것을 상기했다. 그 사실로 미루어 그자는 어쨌거나 온순한 성격이리라, 그 얼굴에 어렴풋이 어렸던 사나운 기색은 겉으로만 그럴 뿐이리라, 나는 좋은 쪽으로 해석했다.

그럼에도 그자의 출현이 몹시 불안했다. 비탈을 따라 왼편으로 걸었다. 주위를 두리번거리며 곧게 뻗은 나무들 사이를 여기저기 살폈다. 사람이 왜 네발로 걷고 물을 핥아 마시나? 어떤 동물이 울부짖는 소리가 또다시 들렸다. 그 퓨마인 것 같았다. 나는 돌아서서 소리가 나는 쪽과는 정반대 방향으로 걸었다. 그러다 보니 개울가로 내려가게 되었다. 개울을 건너 그 위의 덤불을 뚫고 나아갔다.

저 앞에 선명한 주홍빛이 널찍하게 펼쳐져서 깜짝 놀랐는데 가까이 올라가 보니 특이한 진균류가 엽상 지의식물처럼 가지를 뻗고 주름져 있었다. 만지니까 끈적끈적하게 문드러졌다. 무성한 양치류 그늘에서 어떤 불유쾌한 것과 맞닥뜨렸다. 토끼의 사체를 반짝이는 날벌레들이 뒤덮고 있었는데 시체는 아직 따뜻했고 머리가 찢어발겨져 있었다. 흩뿌려진 피를 보고 나는 질겁해서 걸음을 멈추었다. 이 섬을 방문한 손님 하나가 죽었다! 저항의 흔적은 주위에 없었다. 그러니까 희생양은 난데없이 덜미를 잡혀 죽임을 당했던 모양이었다. 그 자그마한 털 몸뚱이를 들여다보았지만 녀석이 어쩌다 이런 봉변을 당했는지 알 수 없었다. 개울가의 그 짐승 같은 얼굴을 본 뒤로 내 가슴속에 깃든 막연한 공포가 더욱 뚜렷해졌다. 여기 미지의 주민들 사이를 누비고 다니는 것은 위험천만한 모험임을 나는 깨달았다. 주위의 잡목이 형체를 바꾸어 내 머릿속으로 기어들었다. 나무 그림자들은 단순한 그림자가 아니라 매복한 복병 같았고 무슨 부스럭거리는 소리만 나도 위협을 느꼈다. 보이지 않는 무언가가 나를 지켜보는 것 같았다. 나는 해변의 돌담으로 돌아가기로 작정했다. 불현듯 돌아서서 맹렬하게, 미친 듯이 덤불 속을 헤쳐나갔다. 탁 트인 곳이 나오기를 갈구하면서.

어느 공터로 뛰어들기 직전에 나는 걸음을 멈추었다. 붕괴로 생겨난 숲속 빈터였다. 어린나무들이 공지를 향해 앞다투어 뻗었고, 그 위로 빽빽한 어른 나무들과 배배 꼬인 덩굴식물이며 알록달록한 진균류와 꽃들이 포위하듯 둘러쳤다. 저 앞에 쓰러진 거목의 부패한 균상(菌狀)을 깔고 앉은 것은 세 명의 괴기스러운 사람이었다. 내가 접근하는 것을 그들은 몰랐다. 한 명은 분명 여자였고 다른 두 명은 남자였다. 허리께에 주홍빛 천을 두른 것을 제외하면 나체나 다름없었고, 살결은 여느 야만인과는 달리 칙칙한 연분홍빛이었다. 퉁퉁하고 큼직하고 턱없는 얼굴에 쑥 들어간 이마에 거친 머리털이 머리에 듬성듬성 돋아 있었다. 짐승같이 생긴 그런 사람들이었다.

그들은 얘기하고 있었다. 정확히 말하면 한 남자가 다른 두 사람에게 말을 했다. 셋 모두 너무 열중해서 내가 부스럭거리며 다가가도 눈치채지 못했다. 그들은 머리통과 어깨를 좌우로 흔들어댔다.

화자의 말소리가 탁하고 너저분해서 나는 그 내용을 알아들을 수 없었다. 그자는 어떤 영문 모를 소리를 흥얼거렸다. 머잖아 그 음조가 올라가면서 그자는 두 팔을 펼치며 일어섰다. 그러자 다른 두 명도 따라 흥얼거리며 두 팔을 펼치고 일어나 자신들의 흥얼거림에 박자를 맞춰 몸을 흔들거렸다. 비정상적으로 짧은 그들의 다리와 여위고 꼴사나운 발이 내 눈에 들어왔다. 셋 모두는 둥그렇게 천천히 돌면서 발을 구르고 양팔을 흔들었다. 그들의 율동적인 암송에 어떤 가락과 후렴구가 슬그머니 끼어들었다. '아룰라' 혹은 '바룰라'로 내 귀에는 들렸다. 그들의 눈이 반짝이고 추한 얼굴들이 밝아지고 야릇한 기쁨의 소리가 흘러나왔다. 그들의 입술 없는 입에서 침이 뚝뚝 떨어졌다.

그 괴기스럽고 불가해한 몸짓을 지켜보면서 나는 문득 불쾌감의 근원을 처음으로 똑똑히 깨달았다. 철저히 낯설면서도 기묘하게 낯익은, 앞뒤가 안 맞고 서로 어긋나는 그 인상이 무엇 때문에 비롯되었는지를 알게 되었다. 이 불가사의한 의식에 참여한 세 녀석은 사람 형상이었다. 사람의 형상임에도 그들에게선 어떤 낯익은 동물의 기묘한 분위기가 풍겼다. 이 세 녀석은 제각기 사람 꼴을 하고서 누더기일망정 옷을 걸쳤고 조악하긴 하지만 몸꼴이 사람임에도 그 몸짓이나 표정이나 전체 모습에 필시 돼지를 연상케 하는 추잡한 역겨움이며 그 짐승의 어쩔 수 없는 특징이 깃들어 있었다.

이 어마어마한 자각에 압도된 채로 서 있는데 불현듯 무시무시한 의문들이 내 가슴속으로 뛰어들었다. 놈들은 이제 허공으로 껑충껑충 뛰어올랐다. 한 놈이 먼저, 다른 두 놈이 뒤이어 우우 고함치고

크릉크릉 소리를 냈다. 그러다 한 녀석이 미끄러져 넘어져서 일순 네발로 섰다가 즉시 원상태로 돌아왔다. 이 괴물들 본래의 동물성을 알아보는 데는 그 순간적 노출로 충분했다.

나는 되도록 소리 없이 돌아섰다. 나뭇가지가 투둑 부러지고 나뭇잎이 버스럭거리는 소리에 이제나저제나 발각될까 봐 가슴을 철렁이며 덤불 속으로 물러났다. 한참이 지나서야 용기가 생기고 운신을 자유롭게 할 수 있었다. 그 순간에 든 생각은 오로지 그 역겨운 짐승들에게서 멀리 벗어나야 한다는 일념뿐이어서 나무들 사이로 희미하게 난 소로에 접어든 것도 겨우 알아챘다. 어느 작은 공터를 가로지르다가 나는 흠칫, 불유쾌한 광경 하나를 보았다. 30미터쯤 저편 나무들 사이로 꼴사나운 다리 두 개가 내 진행 방향과 나란히 소리 없이 걷고 있었다. 그것의 머리와 상반신은 뒤엉킨 덩굴식물에 가려져 있었다. 나는 돌연 걸음을 멈추었다. 그놈이 나를 못 봤으면 싶었다. 내가 멈추자 그놈도 멈추었다. 불안이 목구멍까지 치밀어서 나는 다짜고짜 사력을 다해 도망치고픈 충동을 억눌러야 했다. 뒤얽힌 덩굴을 어렵게 꿰뚫어 그 머리와 몸뚱이를 분간해보니 아까 개울에서 물을 마시던 그놈이었다. 놈이 고개를 돌렸다. 나무 그늘에서 나를 주시하는 녀석의 눈은 에메랄드빛으로 빛났다. 녀석이 고개를 되돌리자 그 어렴풋이 발광하는 눈빛이 사라졌다. 한순간 가만히 있다가 녀석은 소리 없는 발걸음으로 우거진 녹음을 헤쳐 달리기 시작했다. 다음 순간 덤불 뒤로 사라졌다. 놈을 볼 수는 없었지만 놈이 걸음을 멈추고 나를 지켜보고 있음을 직감할 수 있었다.

놈은 대체 무엇일까. 사람인가 짐승인가. 놈은 나한테 무얼 바라는 걸까. 나는 무기라곤 지팡이 하나도 없었다. 도주는 미친 짓이다. 놈의 정체가 무엇이든 간에 놈은 나를 공격할 용기가 없다. 나는 이를 악물고 곧장 그놈에게로 갔다. 등골을 서늘하게 훑어 내리는 두려움을 감추려고 애쓰면서, 흰 꽃을 피운 껑충한 덤불이 얼키설키한 속을 헤치면서 나아갔다. 녀석은 스무 걸음쯤 떨어진 저쪽에서 멈칫거리며 나를 뒤돌아보았다. 나는 놈의 눈을 꿋꿋하게 노려보며 두어 발짝 다가섰다.

"당신 누구요?"

내가 말했다.

녀석은 나와 눈을 마주치려 애쓰다가 "안 돼!" 하고 불쑥 말하곤 몸을 돌려 수풀 속으로 뛰어들었다. 그는 돌아서서 다시 나를 바라보았다. 어둑한 나무 밑에서 그의 눈이 밝게 빛났다.

심장이 오싹오싹 죄어들었지만 내 유일한 무기는 엄포뿐이어서 나는 그를 향해 굳세게 걸어갔다. 녀석은 또 한 번 돌아보더니 어스름 속으로 사라졌다. 이번에도 그 눈에서 섬광이 번쩍한 것 같았다. 그뿐이었다.

나는 늦은 시각이 나한테 미치는 영향을 처음으로 깨달았다. 해는 조금 전에 졌고 발 빠른 열대 땅거미가 벌써 동녘 하늘에서 그 자취를 감추고 있었다. 이른 나방 한 마리가 내 머리 옆에서 조용히 팔랑거렸다. 미지의 위험이 도사리고 있는 불가사의한 숲속에서 밤을 보낼 게 아니라면 숙소로 서둘러 돌아가야 했다. 고통의 울부짖음이 끊이지 않는 숙소로 돌아간다는 것이 여간 거리끼지 않았지만 어둠과 그 어둠에 도사린 온갖 것들을 야외에서 맞닥뜨리는 것은 더욱 께름칙한 일이었다. 그 이상한 인종을 집어삼킨 푸르스름한 어스름을 마지막으로 일별한 뒤 나는 내가 왔던 방향이라고 짐작되는 개울 쪽 비탈을 되짚어 내려갔다.

열심히 걸었다. 마음속은 온갖 생각으로 뒤숭숭했다. 이윽고 나는 드문드문한 나무들 사이 편편한 곳에 이르렀다. 저녁놀에 뒤이은 무색의 투명한 박명이 점차 빛을 잃어갔다. 저 위 청색 하늘은 시시각각 짙어지고 그 어둑한 하늘에 작은 별들이 하나둘씩 돋았다. 나무들과 저쪽 초목들 사이를 감쌌던 낮 동안의 희부윰한 푸른빛은 이제 점점 검게, 불가사의하게 변해갔다. 나는 계속 나아갔다. 세상에서 색깔이 빠져나가고 있었다. 별빛 반짝이는 푸른 하늘을 이고 우듬지들이 먹빛 실루엣으로 솟았고 그 아래 윤곽들은 모두 하나의 형체 없는 암흑으로 녹아들었다. 나무들이 띄엄띄엄해지고 우거진 덤불이 빽빽해졌다. 하얀 모래로 뒤덮인 황량한 땅이 나오고 뒤이어 얼기설기한 덤불이 펼쳐졌다. 그 모래 공지를 이전에 지나왔는지는 기억나지 않았다. 오른편에서 사르락거리는 소리가 나서 신경을 곪아댔다. 처음엔 환청인 줄 알았다. 걸음을 멈추면 고요했으니까. 우듬지를 흔드는 저녁 바람뿐이었다. 그러다 다시 발길을 서두르면 내 발소리에 따라붙는 메아리가 있었다.

나는 잡림을 버리고 비교적 트인 곳을 따라 움직였다. 나를 몰래 따라오는 놈을 놀래주려고 이따금 홱 돌아섰다. 돌아보면 아무도 없었지만 그래도 다른 누군가가 있다는 직감이 갈수록 강해졌다. 나는 속도를 높였다. 잠시 뒤에 나지막한 등성이를 만났다. 타 넘은 뒤에 홱 돌아서서 그 반대편을 흔들림 없이 쳐다보았다. 어두워지는 하늘을 등지고 등성이가 검게 뚜렷했다. 곧이어 어슴푸레한 덩어리 하나가 하늘을 배경으로 일순 솟았다가 도로 사라졌다. 황갈색 얼굴을 한 예의 그 적수가 나를 계속 미행하고 있음을 나는 확신했다. 즐겁지 않은 자각 하나가 또 있었는데 내가 길을 잃었다는 것이었다.

한동안 나는 암담한 심경으로 되는 대로 발길을 서둘렀다. 놈의 은밀한 미행이 따라붙었다. 놈의 정체가 무엇이든 간에 놈은 나를 공격할 용기가 없거나 아니면 나를 습격할 틈을 노리고 있었다. 나는 트인 곳을 따라 이동했다. 가끔 멈춰 서서 귀를 기울였다. 추적자가 추적을 포기한 걸까. 아니면 그저 내 심란한 상상의 산물인 걸까. 아무튼 둘 중 하나는 틀림없었다. 파도 소리가 들렸다. 내 발걸음이 거의 달음박질 수준으로 빨라졌다. 그때 등 뒤에서 무슨 발부리 걸리는 소리가 났다.

나는 홱 돌아서서 어둑한 나무들을 바라보았다. 검은 그림자 한 장이 다른 그림자 속으로 뛰어든 것 같았다. 나는 꼼짝 않고 귀 기울였지만 내 심장 고동 소리뿐, 다른 소리는 들리지 않았다. 신경이 교란되어 헛것을 보고 듣는 것이라 판단한 나는 바다 소리 쪽으로 단호히 되돌아섰다.

1분쯤 나무들이 듬성듬성해지더니 이윽고 시커먼 바다 쪽으로 튀어나온 야트막한 곶으로 나왔다. 밤은 고요하고 맑았다. 점점 늘어나는 무수한 별빛들이 가만히 남실대는 물결 위에서 흔들렸다. 저기 저 들쑥날쑥한 일단의 암초들을 철썩 씻어 내리는 파도의 포

말이 파리하게 비쳤다. 서녘 하늘에서 황도광(黃道光)이 노란 광휘와 어울리고 있었다. 내가 서 있는 해안은 동쪽으로 급경사를 이루었고 해안 서쪽은 곶의 등성이에 가려져 있었다. 모로 박사의 해변은 그 서쪽에 있다는 것을 나는 기억해냈다.

잔가지 하나가 뚝 부러지는 소리가 등 뒤에서 들렸다. 이어 버스럭거리는 소리가 났다. 나는 돌아서서 컴컴한 나무들을 맞대했다. 아무것도 보이지 않았다. 아니 너무 많은 게 보였다. 어스름 속 컴컴한 형체들이 제각기 음산한 모양을 띠었다. 빈틈없이 나를 감시하는 듯한 음험한 흉중을 저마다 품고 있었다. 나는 1분쯤 가만히 서 있다가 나무들에서 눈을 떼지 않은 채 곶을 가로지르려고 서쪽으로 방향을 틀었다. 내가 움직이자 잠복한 그림자들 중 하나가 나를 따라 움직였다.

심장 박동이 빨라졌다. 이윽고 서쪽으로 펼쳐진 내포의 널찍한 품이 보였다. 나는 멈추었다. 예의 소리 없는 그림자가 10미터쯤 떨어져 멈추었다. 불빛 한 점이 저기 구부러진 굽이에서 반짝였다. 회색 모래 해변이 별빛 아래 희미하게 펼쳐져 있었다. 불빛 지점까지 3킬로미터쯤은 되어 보였다. 저 해변으로 가려면 그림자들이 잠복한 나무숲을 지나 덤불 무성한 경사지를 내려가야 했다.

이제 놈을 한결 또렷하게 볼 수 있었다. 직립했으니 동물은 아니었다. 나는 말하려고 입을 열었지만 목이 잠겨 가래 긇는 소리가 나왔다. 다시 입을 열어 소리쳤다.

"거기 누구요?"

대답이 없었다. 나는 한 걸음 다가섰다. 놈은 움직이지 않고 가만히 움츠려 있을 뿐이었다. 내 발이 돌멩이를 건드렸다. 문득 좋은 생각이 떠올랐다. 저 앞의 검은 형체에서 눈을 떼지 않은 채 나는 상체를 수그려 그 돌멩이를 집어 들었다. 하지만 내 동작에 놈은 개처럼 날렵하게 몸을 돌려 저편 어둠 속으로 엇비스듬히 숨었다. 큰 개를 물리치는 소년 시절의 대처법을 떠올린 나는 돌멩이를 손수건에 싸서 비틀어 돌리고 손목을 써서 한 바퀴 휘둘렀다. 놈이 퇴각하는 듯 어둠 저편에서 물러나는 기척이 들렸다. 돌연 내 팽팽한 긴장감이 허물어졌다. 느닷없이 비 오듯 땀을 흘리며 부들부들 떨면서 무너졌다. 적수는 퇴각했고 내 손엔 무기가 쥐여 있었다.

잠시 뒤에야 마음을 추스른 나는 곧 옆구리의 초목과 덤불을 헤치고 해변으로 내려갈 엄두를 내었다. 마침내 달음박질로 내려갔다. 수풀을 벗어나 막 모래 해변으로 나왔을 때 다른 누군가가 나를 맹렬하게 뒤쫓는 소리를 들었다. 그러자 나는 두려움에 이성을 잃고 모래밭을 따라 뛰기 시작했다. 즉시 가벼운 발소리가 타다닥 쫓아 붙었다. 나는 고함을 지르며 전력 질주했다. 토끼보다 서너 배 큰 어떤 흐릿하고 시커먼 것이 해변에서 (내가 막 빠져나온) 덤불 쪽으로 훌쩍훌쩍 뛰어오고 있었다.

내 목숨이 붙어 있는 한 그 추적의 공포를 잊을 수 없다. 나는 물가 언저리를 달렸고 나를 따라붙는 철퍼덕거리는 발소리가 끊임없이 들렸다. 저 멀리, 너무 멀리에 노란 불빛이 있었다. 나를 둘러싼 밤은 어둡고 적요했다. 철퍼덕철퍼덕, 쫓아오는 발소리가 점점 가까워졌다. 숨이 턱턱 막혔다. 몸 상태가 상당히 좋지 않은 탓이었다. 나는 숨을 들이쉬며 야아, 고함을 질렀다. 칼날 같은 통증이 옆구리를 찔렀다. 돌담집에 이르기 한참 전에 놈에게 붙들릴 것 같았다. 나는 숨을 헐떡이며 필사적으로 홱 돌아서면서, 달려오는 놈을 향해 치고 덤볐다. 온힘을 다해 팔을 내둘렀다. 손수건 투석기 밖으로 돌멩이가 튀어나갔다. 내가 막 몸을 돌렸을 때 네발로 달려오던 놈은 두 발로 일어섰다. 돌팔매는 놈의 왼쪽 관자놀이를 정통으로 맞혔다. 두개골 맞는 소리가 쩡 울렸다. 그 동물 인간은 휘청 내게로 뛰어들며 두 손으로 나를 밀치고는 비틀비틀 나를 지나쳐 모래밭으로 고꾸라지며 얼굴을 물속에 처박았다. 그 상태로 가만히 누워 있었다.

그 시커먼 덩어리에 접근하고픈 마음이 영 내키지 않았던 나는 자리를 떴다. 고적한 별빛 아래 잔물결이 찰랑찰랑 놈의 몸뚱이를 핥았다. 나는 놈을 피해 숙소의 노란 불빛을 향해 나아갔다. 이윽고 퓨마의 가엾은 신음에 나는 적이 마음을 놓았다. 애초에 내가 이 불가사의한 섬을 탐험하도록 내몬 그 고통의 소리가 아닌가. 기진맥진 녹초 상태였지만 나는 젖 먹던 힘까지 짜내어 불빛을 향해 또 달리기 시작했다. 누가 나를 부르는 것도 같았다.

10. 사람의 비명

그 집으로 다가들면서 보니 내 방 열린 문으로 불빛이 쏟아져 나오고 있었다. 그 오렌지빛 사각 불빛 언저리 어둠 속에서 "프렌딕!" 하는 몽고메리의 외침이 들려왔다. 나는 계속 달려갔다. 그의 외침이 다시 한번 들렸다. 나는 희미한 목소리로 "여기!" 하고 대답했다. 다음 순간 나는 휘청휘청 몽고메리에게로 안겨들었다.

"어디 있었소?"

몽고메리가 양팔을 뻗어 내 어깨를 잡았다. 열린 문에서 나온 불빛이 내 얼굴을 비추었다.

"박사와 난 반 시간 전까지만 해도 몹시 바빠서 당신을 잊어버리고 있었소."

그는 나를 방으로 부축해 들어가서 갑판 의자에 앉혔다. 불빛 때문에 잠시 앞이 보이지 않았다. 그가 말했다.

"우리한테 말도 하지 않고 이 섬을 둘러보러 나갔을 거란 생각은 미처 못 했소. 걱정이 됐어요……. 그런데…… 왜 그래요? ……이봐요!"

마지막 남은 힘이 스르르 빠져나가는 순간, 내 고개가 가슴팍으로 푹 꺾였다. 몽고메리가 내게 브랜디를 주었다. 브랜디를 한 모금 마시면 괜찮아질 거라고 믿는 모양이었다.

"제발, 저 문 좀 잠그시오."

내가 말했다.

"우리 섬의 진귀한 것들을 좀 구경한 모양이군?"

그가 말했다.

몽고메리는 문을 잠그고 내게 돌아왔다. 질문은 하지 않고 브랜디와 물을 좀 더 주면서 음식을 먹도록 강권했다. 나는 몹시 쇠약해 있었다. 그는 주의를 주는 걸 깜빡했다는 얘기를 에둘러 한 다음, 내가 언제 집을 나섰는지 그리고 무엇을 보았는지 간단하게 물었다.

나는 되도록 짤막하게 띄엄띄엄 답변하고는, 거의 신경증 상태에 가까울 정도로 흥분해서 물었다.

"이게 다 어찌 된 일인지 설명해주시오."

"그리 끔찍한 일은 아니오. 하지만 당신은 하루 동안 너무 많은 경험을 한 것 같군요."

그때 갑자기 퓨마가 고통의 비명을 질렀다. 그 소리에 몽고메리가 나직하게 쌍소리를 했다.

"여기도 고양이들이 앙앙거리는 고어가(街)와 다를 바 없군."

"몽고메리, 나를 뒤쫓아 온 게 무엇이오? 짐승이오, 사람이오?"

"오늘 밤 자두지 않으면 내일 당신 머리가 돌아버릴 거요."

나는 지지 않고 벌떡 일어났다.

"나를 뒤쫓아 온 게 무엇이오?"

몽고메리는 내 눈을 똑바로 쳐다보며 입술을 비틀었다. 방금만 해도 생동하던 그의 눈빛이 흐려졌다.

"당신 설명으로 추측건대 허깨비가 아닐까 싶군요."

나는 순간 강렬한 짜증을 느꼈지만 그 감정은 이내 사라졌다. 의자에 털썩 되 앉아 두 손으로 이마를 짚었다. 퓨마가 또 비명을 질렀다.

몽고메리는 등 뒤로 돌아와서 내 어깨에 한 손을 얹었다.

"이봐요, 프렌딕. 난 애초에 당신을 이 멍청한 섬으로 불러들일 의도가 없었소. 그리고 당신이 생각하는 만큼 그리 나쁜 섬도 아니오. 신경을 혹사한 탓이니 잠을 잘 수 있도록 내가 무얼 좀 드리겠소. 몇 시간은 효과가 있을 거요. 그걸 먹고 곧바로 잠자리에 드시오. 안 그러면 나도 책임을 질 수 없소."

나는 대답하지 않았다. 고개를 숙이고 얼굴을 두 손으로 감쌌다. 이윽고 몽고메리가 진한 액체를 담은 작은 잔을 들고 돌아왔다. 그것을 나에게 건넸다. 나는 별 저항 없이 잔에 든 것을 마셨다. 몽고메리의 부축을 받고 해먹에 들었다.

일어났을 때는 한낮이었다. 잠시 가만히 누워서 천장을 응시했다. 서까래는 어느 배에서 뜯어낸 목재로 지은 듯했다. 나는 고개를 돌렸다. 탁자 위에 나를 위한 음식이 차려져 있었다. 그제야 허기를 느낀 나는 해먹에서 빠져나가려고 채비했다. 내 의도를 알아챘는지 해먹이 친절하게도 외틀어지는 바람에 나는 네다리 짐승처럼 바닥에 착지했다.

일어나서 음식 앞에 앉았다. 머릿속이 묵직한 느낌이었다. 간밤에 일어난 일들이 흐릿한 흔적만으로 기억되었다. 아침 바람이 유리 없는 창으로 아주 상쾌하게 불어왔다. 게다가 음식까지 있으니 나는 동물적 만족감을 느끼지 않을 수가 없었다. 이윽고 내 뒤의 문(돌담 안 마당으로 통하는 안문)이 열렸다. 고개를 돌리니 몽고메리였다.

"다행이군요. 난 정신없이 바쁩니다."

그가 문을 닫았다.

나중에 나는 그가 깜빡하고 문을 되잠그지 않은 것을 알게 되었다. 전날 밤 그의 표정이 떠올랐다. 그 바람에 내가 겪은 일이 오롯이 되살아났다. 안쪽에서 어떤 울부짖음이 들려오자 예의 두려움마저 되돌아왔다. 이번에는 퓨마의 비명이 아니었다. 나는 입으로 가져가던 한입 분량 음식을 내려놓고 귀를 기울였다. 살랑거리는 아침 바람 소리뿐, 조용했다. 내가 잘못 들었나 생각했다.

한참 뒤에 식사를 재개했다. 여전히 귀에 주의를 모은 채였다. 머지않아 무슨 소리가 들렸다. 아주 희미하고 나직한 소리였다. 나는 앉은 그대로 얼어붙었다. 희미하고 나직한 소리였지만 여태껏 벽 너머에서 들려온 여느 혐오스러운 소리들보다도 훨씬 깊은 불안감을 던져주었다. 이번은 틀림없었다. 가냘프게 찢어지는 소리가 연달았다. 그 소리의 주인공이 누군지는 분명했다. 신음이 이어지는 가운데 이따금 흐느낌과 고통의 헐떡거림이 끼어들었다. 이번에는 짐승이 아니었다. 고문당하는 사람이었다!

이 사실을 깨닫자마자 나는 일어나서 세 걸음 만에 방을 가로질렀다. 마당으로 통하는 문손잡이를 움켜잡았다. 그러곤 와락 열어젖혔다.

"이봐요 프렌딕! 멈추시오!"

몽고메리가 제지하며 소리쳤다.

놀란 사냥개 한 마리가 컹컹 짖어댔다. 도랑에 핏물이, 갈색과 어떤 주홍색 핏물이 괴어 있었다. 석탄산의 독특한 냄새를 맡을 수 있었다. 저편 어떤 열린 문간 안에, 그늘진 어슴푸레함 속에서 무언가가 어떤 틀에 고통스레 묶인 것이 보였다. 상처 나고 벌건 그것은 붕대를 감은 채였다. 그 풍경을 지우며 모로 박사의 얼굴이 나타났다. 하얗게 질린 낯빛이었다. 잠깐 뒤에 박사는 벌겋게 물든 한 손으로 내 어깨를 움켜잡아 비틀어 올려 방 안으로 처박았다. 나를 어린아이 다루듯 번쩍 들어 올렸다. 나는 방바닥에 큰대자로 뻗었다. 문이 쾅 닫히면서 격렬한 기색의 박사 얼굴이 사라졌다. 자물쇠를 채우는 열쇠 소리가 나고 충언하는 몽고메리의 목소리가 들렸다.

"일생의 과업을 망칠 일 있나?"

모로의 말소리였다.

"저 사람은 상황을 몰라요."

몽고메리가 말했지만 그 뒷말은 들리지 않았다.

"그럴 시간이 없어."

모로가 말했다.

나머지는 듣지 못했다. 나는 일어나서 비틀비틀 몸을 가눴다. 내 마음은 극도의 공포와 불안과 혼란 그 자체였다. 인간 생체실험과 같은 끔찍한 일이 여기서 자행되고 있다는 게 사실인가? 이 질문이 요동치는 하늘을 가르는 번개처럼 번쩍 떠올랐다. 불현듯 막연한 공포심이 걷히고 내 신변의 위험이 확연하게 자각되었다.

11. 사람 사냥

내 방의 바깥문을 아직 이용할 수 있다는 생각에 나는 탈출 희망을 무작정 품었다. 모로 박사가 어떤 사람을 생체실험 하고 있음을 나는 이제 확신, 절대 확신했다. 그의 이름을 들은 뒤로 줄곧 나는 섬 주민들의 괴기스러운 동물성과 모로의 혐오스러운 짓거리들을 어떻게든 연결해보려고 애썼는데 결국 그 전모를 알게 되었다. 수혈에 관한 그의 옛 연구를 상기했다. 내가 본 이 섬의 개체들은 모종의 끔찍한 실험의 희생양들이었다. 이 역겨운 두 불한당은 순전히 나를 붙잡아둘 목적으로 내게 신뢰를 내보이며 나를 엿 먹였다. 그래서 결국 죽음보다 더 무서운 운명을 내게 지우려 한다. 그들의 속셈은 신체 고문을 하고, 고문을 한 다음에는 상상만으로도 끔찍한 생물학적 퇴보를 나에게 들씌우려는 것이다. 나를 구제불능의 인간, 하나의 짐승으로 만들어 자신들의 코머스* 떼거리의 일원으로 편입하려는 것이다.

무기될 만한 게 없나 주위를 휘둘러보았지만 아무것도 없었다. 문득 좋은 생각이 떠올라 갑판 의자를 뒤집었다. 의자 옆구리를 발로 밟고 거기서 가로대를 뜯어냈다. 그 목재에 못이 하나 딸려 뽑혀 나왔다. 튀어나온 그 못은 함부로 건드리면 위험해서 아쉬운 대로 무기로 쓸 만했다. 바깥에서 웬 발소리가 들려 나는 충동을 이기지 못하고 문을 벌컥 열었다. 몽고메리가 문에서 1미터쯤 떨어져 있었다. 그가 바깥문을 잠그려 했다! 나는 못 박힌 막대기를 들어 올려 그의 얼굴을 겨누고 휘둘렀다. 그가 펄쩍 물러섰다. 나는 잠깐 망설이다가 몸을 돌려 달아났다. 돌담 모퉁이를 도는데 "어이, 프렌딕! 멍청하게 굴지 마!" 하고 몽고메리가 놀란 목청으로 외쳤다.

한발만 늦었더라도 몽고메리가 나를 가두었을 것이고 나는 실험실 토끼 신세로 전락했으리라. 모퉁이를 돌아 나타난 몽고메리가 "프렌딕!" 하고 불렀다. 그러곤 무어라고 소리치며 나를 뒤쫓아 뛰기 시작했다. 전번과는 달리 나는 무작정 뛰었다. 전번의 행로와는 직각을 이루는 북동쪽으로 달렸다. 전력으로 해변을 뛰어오르며 어깨 너머로 뒤돌아보았다. 몽고메리와 그의 조수가 따라오고 있었다. 나는 비탈을 미친 듯이 올랐다. 올라가서 동쪽으로 방향을 잡았다. 양옆으로 밀림을 거느린 바위투성이 계곡을 대략 1킬로미터 반을 달렸다. 가슴이 죄어오고 심장 박동이 귀에서 쿵쿵거렸다. 몽고

---

* 그리스 신화에 나오는 축제, 술잔치, 야밤의 희롱 등을 대변하는 신으로 무질서와 혼돈을 상징한다.

메리와 그의 조수 목소리는 들려오지 않았다. 탈진 직전에 이르러 나는 해변 쪽이라고 판단되는 방향으로 급하게 몸을 틀어 되돌아가서 어느 빽빽한 등숲* 속에 드러누웠다. 거기서 오랫동안 머물렀다. 너무 무서워서 옴짝달싹할 수 없었다. 너무 두려워서 행동 방침조차 세울 수 없었다. 주변 야생은 태양 아래 조용히 잠들어 있었다. 들리는 소리라곤 나를 발견하고 달려드는 작은 각다귀들의 가녀린 윙윙거림뿐. 이윽고 나는 나른한 자연의 숨소리…… 쏴 하는 바닷가 파도 소리를 의식했다.

한 시간쯤 뒤에 몽고메리가 저 멀리 북쪽에서 내 이름을 외쳐 부르는 소리가 들렸다. 나는 행동 방침을 구상했다. 내가 이해하기론 이 섬에 거주하는 자는 그 두 생체실험자와 그들이 동물로 만들어 놓은 희생자들뿐이었다. 희생자들 중 일부는 필요할 경우 나를 잡는 데 동원될 게 분명하다. 모로와 몽고메리 둘 다 권총을 휴대하고 있었다. 나에겐 작은 못이 박힌 연약한 소나무 재질 막대기 하나가 전부였다. 허울뿐인 그 몽둥이를 제외하면 나는 비무장 상태였다.

거기에 그렇게 누워 있는데 문득 먹을 것과 마실 것에 생각이 미쳤다. 암담한 현실의 내 처지를 깨달았다. 먹을거리를 구할 방법은 도저히 없었다. 주위에 있을지도 모르는 어떤 종류의 풀뿌리며 과일을 찾아내려 해도 식물 생태에 워낙 무지한 나로서는 무리였다. 이 섬에 있는 토끼를 덫으로 잡을 방도도 없었다. 앞일을 생각하면 암담할 뿐이었다. 이래도 저래도 희망이 없자 마침내 나는 내가 만

---

* 가늘고 유연하고 튼튼한 줄기를 가진 대나무, 갈대, 등(藤) 따위의 식물

나본 동물 인간들에게로 생각을 돌렸다. 그들을 기억에서 끄집어내 희망을 찾으려 애썼다. 그들의 면모를 한 명 한 명 머릿속에 떠올리면서 그들에게서 도움을 받을 수 있을 거라는 어떤 징조를 포착하려고 애썼다.

그러고 있는데 갑자기 사냥개 짖는 소리가 났다. 새로운 위험이 다가오고 있었다. 나는 생각할 겨를이 없었다. 머뭇거리다간 놈들한테 붙잡힐 것이다. 나는 못 박힌 막대기를 움켜쥐고 은신처에서 파도 소리가 나는 쪽으로 곤두박질치듯 내달렸다. 칼날에 찔리는 것처럼 따끔따끔한 가시 돋친 가시 식물 군락을 통과했다. 군데군데 피가 흐르고 옷이 찢어진 사실을 알게 된 것은 북쪽으로 길게 뻗은 시내 가장자리로 나왔을 때였다. 나는 일각의 지체도 없이 곧장 물속으로 뛰어들어 물살을 가르고 상류로 올라갔다. 머잖아 무릎 깊이의 작은 개울 속에 나는 있었다. 마침내 서쪽 기슭으로 기어 나왔다. 쿵쾅거리는 심장 소리를 귀로 들으며 뒤엉킨 양치류 속으로 기어들었다. 거기서 상황을 지켜볼 참이었다. 사냥개가 (한 마리뿐이었다) 다가드는 소리를 들었다. 가시 식물에 이르자 개가 컹컹 짖어댔다. 그러곤 잠잠해졌다. 나는 도주에 성공했다는 생각이 슬슬 들었다.

순간들이 흘러가고 정적이 길어졌다. 한 시간이 지나도 별일이 없자 비로소 용기가 샘솟기 시작했다. 이제 나는 겁에 질려 있지도 절망에 빠져 있지도 않았다. 말 그대로 공포와 절망의 한계를 넘어서 있었다. 내 목숨은 이미 잃은 것이나 다름없다는 생각이 들자 나는 무엇이든 할 수 있을 것 같았다. 모로의 얼굴을 맞대면하고픈 소망까지 생겼다. 아까 물속으로 뛰어들 때 이런 생각이 들었다. 고문을 벗어나려는 내 도주가 끝없는 외길로 몰린다면 내가 자진해서 물에 빠져 죽는 것까진 놈들도 어쩌지 못하리란 생각이 들었다. 그래서 물에 빠져 죽어버릴까 생각했다. 하지만 이번 모험의 끝을 보자는 묘한 오기와 마음속의 야릇하고 덤덤한 극적 흥미가 나를 진정시켰다. 나는 사지를 쭉 뻗었다. 가시 식물에 긁히고 찔린 팔다리가 쓰라리고 욱신거렸다. 주위 나무들을 휘둘러보았다. 그때 별안간, 뒤엉킨 녹음 사이로 무언가가 불쑥 튀어나왔다. 나는 나를 주시하는 검은 얼굴을 바라보았다. 해변에서 거룻배를 기다리던 그 원숭이 족속이었다. 녀석은 비스듬한 종려나무 줄기에 매달려 있었다. 나는 막대기를 움켜쥐고 일어나서 그를 맞대했다. 녀석이 뭐라고 씨부렁대기 시작했다.

처음엔 "너, 너, 너" 하는 소리밖엔 알아듣지 못했다. 갑자기 녀석이 훌쩍 뛰어내려 양치류 잎사귀들을 두 손으로 갈라 쥐고 나를 신기하다는 듯 들여다보았다.

내가 만나본 다른 동물 인간들과는 달리 이 녀석에겐 반감이 느껴지지 않았다. 녀석이 말했다.

"너, 배에 있었다."

그렇다면 녀석은 사람이었다. 적어도 몽고메리의 조수만큼은 되었다. 말을 했으니까.

"그래, 배로 왔다. 큰 배에서."

내가 말했다.

"아아!"

녀석은 밝은 눈빛으로 나를 초조하게 훑어보았다. 내 손을, 내가 들고 있는 막대기를, 내 발을, 내 외투의 해진 곳을, 가시에 긁히고 찔린 상처를 훑어보았다. 녀석은 무언가가 어리둥절한 눈치였다. 그의 시선이 내 손으로 되돌아왔다. 자신의 한 손을 내밀고 천천히 손가락을 세었다.

"하나, 둘, 셋, 넷, 다섯…… 우와!"

녀석이 무엇 때문에 그러는지 그땐 몰랐다. 나중에 알게 되었지만 이곳 동물 인간 대다수는 기형의 손을 갖고 있었다. 손가락 세 개가 부족한 경우도 있었다. 하지만 그 행동을 일종의 인사로 생각한 나는 답례 차원에서 같은 행동을 했다. 몹시 흡족한지 녀석이 히죽 웃었다. 그러고선 주위를 잽싸게 두리번거리더니 재빠른 동작으로 사라졌다. 녀석이 갈라놓았던 양치류 잎사귀들이 바스락 맞부딪쳤다.

나는 녀석을 뒤쫓아 양치류를 헤치고 나아갔다. 저 위 나뭇잎 사이로 늘어뜨려진 덩굴식물 줄기를 여윈 한 팔로 잡고 유쾌하게 흔들거리는 녀석을 보고 나는 깜짝 놀랐다. 녀석은 내게 등을 보이고 있었다.

"어이!"

내가 소리치자 녀석은 빙글 돌아 뛰어내려 나를 마주 대했다.

"어디서 먹을 것 좀 구할 수 있을까?"

"먹을 것? 우리도 사람이 먹는 걸 먹는다."

녀석의 눈길이 흔들거리는 덩굴줄기로 되돌아갔다. 녀석이 덧붙였다.

"움막에서."

"움막이 어딘데?"

"이런!"

"난 여기에 처음이야."

내 말에 녀석이 휙 돌아서서 재게 발을 놀렸다. 녀석의 모든 동작은 신기할 정도로 재빨랐다.

"따라와!"

녀석이 말했다.

나는 이왕 이렇게 된 일, 끝을 보기로 하고 그를 따라갔다. 그 움막이란 게 그 녀석과 다른 몇몇 동물 인간들이 사는 무슨 허름한 오두막쯤 되려니 추측했다. 어쩌면 그들이 친절하게 나올지도 몰랐다. 그들의 마음 한편을 내 뜻대로 움직일 수 있을지도 몰랐다. 그들이 인간성을 얼마나 잃어버렸는지 나로서는 알 길 없었다.

원숭이를 닮은 동행은 나와 나란히 걸음을 재촉했다. 두 팔을 늘어뜨리고 주둥이를 쑥 앞으로 내민 채. 이자는 어떤 기억을 품고 있을까.

"이 섬에는 얼마나 오래 있었나?"

내가 물었다.

"얼마나?"

되묻고 나서 한 번 더 반복한 그는 손가락 세 개를 세웠다.

녀석은 바보와 다름없었다. 녀석의 손가락셈이 무엇을 뜻하는지 나는 곰곰이 생각했다. 녀석은 심심한 모양이었다. 내가 질문을 두엇 하고 나자 녀석은 갑자기 내 곁을 벗어나 어떤 나무에 매달린 열매를 겨냥해 껑충 뛰어올랐다. 가시투성이 견과를 한 줌 따 내리더니 껍데기를 까고 내용물을 먹었다. 그 모습을 본 나는 흡족했다. 적어도 굶지는 않겠구나 싶었다. 그에게 다른 질문을 몇 개 했다. 그의 재잘거리는 신속한 응답은 아주 동문서답만은 아니었다. 몇몇은 적절했고 앵무새처럼 되풀이할 때도 잦았다.

나는 이런 유별난 점에 정신을 파느라 우리가 가는 길을 눈여겨보지 못했다. 잠시 뒤에 죄다 까맣게 탔거나 그을린 나무들이 나타났다. 또 잠시 뒤에는 희노란 가루로 뒤덮인 공지가 나타났는데 그 위로 무슨 연기가 떠돌았고 그 연기에 코가 맵고 눈이 따가웠다. 오른쪽 맨 바위 너머로 푸른 바다 수평선이 보였다. 길이 갑자기 꼬불꼬불 휘어 내려가면서 협곡이 나왔다. 양옆으로 거무스름한 화산암재가 삐쭉빼쭉 울퉁불퉁 덩어리를 이뤘다. 우리는 그리로 내려갔다.

눈부신 햇빛을 반사하는 유황 지대를 지나온 뒤라 그 길은 몹시 어두웠다. 양쪽 비탈이 점차 가팔라지고 골짜기가 좁아졌다. 건너편 초록과 진홍의 반점들이 내 눈으로 뛰어들었다. 안내자가 문득 발길을 멈추더니,

"집!" 하고 외쳤다.

나는 어느 암협(巖峽) 밑바닥에 있었다. 처음엔 너무 어두웠다. 이상한 소음이 들려왔다. 나는 왼손으로 눈을 비볐다. 역겨운 냄새가 났다. 불결한 원숭이 우리에서 나는 냄새와 비슷했다. 저기 반대편 암협이 끝나는 곳에 햇빛 반짝이는 초록의 완만한 비탈이 있었다. 햇빛이 양쪽 입구에서 좁은 길을 비쳐 들었지만 중앙은 어둑했다.

12. 법을 말하는 자

선득한 무언가가 내 손을 건드렸다. 화들짝 놀라 살펴보니 어떤 어스레한 분홍빛 물체가 내 옆에 있었다. 벌거벗은 어린아이를 영락없이 닮았다. 얌전한, 그러나 역겹게 생긴 나무늘보를 빼닮았다. 좁은 이마와 느릿한 몸짓까지 그랬다.

어둑한 빛에 눈이 익자 주위를 한결 또렷하게 살필 수 있었다. 나무늘보를 닮은 조그마한 녀석이 나를 주시하며 서 있었다. 내 안내자는 보이지 않았다. 내가 선 곳은 용암층 암벽 사이의 좁은 길로, 바위 지대가 갈라져 생긴 틈 안이었다. 그 양옆으로 홍조류와 종려나무 잎사귀, 갈대를 암벽에 기대 엮어 조악하고 컴컴한 움막들을 지어놓았다. 그 사이 암협을 굽어 오르는 길은 3미터 너비에 못 미쳤고, 부패한 과육과 다른 허섭스레기 더미들이 볼썽사납게 널려 있었다. 악취의 진원지였다.

자그마한 분홍빛 나무늘보 녀석은 아직도 나를 빤히 쳐다보고 있었다. 그때 원숭이 인간이 제일 가까운 움막 입구에 도로 나타나 내게 들어오라고 손짓했다. 꾸부정한 추물 하나가 어느 움막에서 꿈틀꿈틀 나와 이 이상한 거리를 좀 올라가다가 멈춰 섰다. 저편의 반짝이는 녹음을 배경으로 그자의 밋밋한 윤곽이 나를 바라보았다. 나는 온 길로 달아나버릴까 망설였다. 그러나 끝까지 가보자는 오기가 발동해서 못 박힌 막대기를 어중간하게 쥐고 안내자를 뒤따라 악취 나는 좁은 소굴 안으로 어기적어기적 들어갔다.

반원형 공간으로, 벌집을 반으로 쪼개놓은 형상이었다. 저기 안쪽 암벽에는 이런저런 빛깔의 열매와 코코넛 등이 무더기로 쌓여 있었다. 화산암과 나무로 만든 조악한 용기들이 바닥 여기저기에 놓였고 그중 하나가 형편없는 스툴 위에 올라가 있었다. 불은 없었다. 컴컴한 한구석에 못생긴 덩어리 하나가 시커멓게 앉아 있다가 내가 들어서자 "어이!" 하고 그렁거렸다. 어슴푸레한 입구 안쪽에서 있던 원숭이 인간이 내게 코코넛 반쪽을 건넸다. 나는 맞은편 구석으로 엉금엉금 가서 쪼그려 앉아 최대한 조용하게 코코넛을 갉아먹기 시작했다. 좀 오싹한 기분이 들고 움막 안 갇힌 공기에 가슴이 답답했지만 참았다. 예의 분홍빛 나무늘보 녀석은 입구께에 서 있었다. 추저분한 얼굴에 밝은 눈을 한 다른 녀석이 나타나 나무늘보 어깨너머로 나를 쳐다보았다.

"어이! 사람이다."

맞은편 의문의 덩어리가 말했다.

"사람입니다, 사람. 저처럼 다섯 개짜리 사람."

내 안내인이 지껄였다.

"닥쳐!"

어둠 속 목소리가 크릉거렸다. 나는 엄숙한 정적 속에서도 코코넛을 갉작거렸다. 어둠 속을 분간하려 애썼지만 전혀 보이지 않았다.

"사람이다."

예의 목소리가 되풀이했다.

"우리랑 같이 살려고 왔나?"

탁한 목소리였다. 그 목소리에 무언가가 섞여 있었다. 휘파람 소리 같은 배음(倍音)이었다. 기묘하게 느껴졌지만 영어 억양만은 유난히 괜찮았다.

원숭이 인간이 무언가를 바라는 눈빛으로 나를 바라보았다. 그 침묵을 질문으로 해석한 나는 "당신들과 같이 살려고 왔다" 하고 대답했다.

"사람이다. 법을 배워야 한다."

나는 이제 어둠 속에서 암흑의 형체 하나를 분간할 수 있었다. 구부정한 형체의 윤곽이 희미하게 보였다. 움막 입구에 검은 머리통 두 개가 더 나타나 그림자를 드리웠다. 나는 막대기를 단단히 움켜쥐었다.

어둠 속 형체가 목소리를 키워 "법을 말하라" 하고 반복했다. 무언가 또 한마디 했는데 놓쳤다.

"네발로 걷지 않는다. 그게 법이다."

어둠 속 형체는 노래 부르듯 암송했다.

나는 어리둥절했다.

"법을 말하라."

원숭이 인간이 암송하자 출입구께에 있던 형체들이 이를 따라 했다. 목소리들에 위협기가 서려 있었다.

나는 이 멍청한 문구를 되풀이해야 함을 깨달았다. 그리고 터무니없는 의식이 시작되었다. 어둠 속 목소리가 황당무계한 연도(連禱)를 한 줄 한 줄 읊으면 나를 비롯한 나머지 존재들이 따라 읊는 식이었다. 따라 읊으면서 녀석들은 야릇하게 몸을 옆으로 흔들어대며 손으로 무릎을 쳤다. 나는 그들의 행동을 따라 했다. 내가 죽어서 저세상에 온 기분이었다. 이 어두운 움막에서 그 기괴하고 흐릿한 형체들이 명멸하는 빛을 받아 여기저기서 얼룩덜룩했다. 그들 모두가 한통속으로 몸을 흔들며 합창했다.

"네발로 걷지 않는다. 그게 법이다. 우리는 사람 아닌가?"

"물을 핥아먹지 않는다. 그게 법이다. 우리는 사람 아닌가?"

"물고기나 고기를 먹지 않는다. 그게 법이다. 우리는 사람 아닌가?"

"나무껍질을 할퀴지 않는다. 그게 법이다. 우리는 사람 아닌가?"

"같은 인간을 뒤쫓지 않는다. 그게 법이다. 우리는 사람 아닌가?"

이런 멍청한 금기를 비롯한 내가 들은 금지 사항들은 이상하기 짝이 없었고 믿기 어려웠으며 꼴사납기 그지없었다. 우리는 격정적인 리듬에 사로잡혔다. 점점 빨리 지껄이고 몸을 흔들어대며 이 기상천외한 법을 읊조렸다. 겉으로 보기엔 내가 이 짐승들에게서 전염된 모양새였지만 내 가슴 깊은 곳에서는 폭소와 반감이 요동쳤다. 무수한 금기 사항을 통과한 끝에 갑자기 새로운 문구를 읊기 시작했다.

"그분의 집은 고통의 집이요."

"그분의 손은 창조의 손이요."

"그분의 손은 상처를 주는 손이요."

"그분의 손은 낫게 하는 손이요."

다시 한번 기나긴 노래가 이어졌다. 누군지는 모르지만 '그분'에 관한 도저히 납득할 수 없는 횡설수설이었다. 나는 꿈결이 아닌지 의심스러웠지만 꿈속에서 찬송가를 들은 적은 한 번도 없었다.

"번갯불이 그분의 것이요."

우리는 노래했다.

"깊은 바다가 그분의 것이요."

문득 무서운 추측이 뇌리를 스쳤다. 모로 박사가 이 사람들을 동물화하고 나서 이들의 축소된 뇌에 자신을 신격화하는 사상을 불어넣은 건 아닐까? 하지만 그런 이유로 찬송을 멈출 수는 없었다. 주위의 허연 이빨과 날카로운 발톱을 나는 처절히 의식하고 있었다.

"하늘의 별이 그분의 것이요."

마침내 찬송이 끝났다. 원숭이 인간의 얼굴이 땀으로 번들거렸다. 이제 어둠에 익숙해진 내 눈은 구석에서 목소리를 내는 형체를 한결 뚜렷하게 볼 수 있었다. 사람 크기만 한 덩치에 스카이 테리어 같은 흐릿한 회색 털로 덮여 있었다. 저자는 무엇일까. 이들은 모두 무엇이란 말인가. 이 세상에서 제일 무서운 불구자와 미치광이들에 둘러싸여 있는 여러분 자신을 상상한다면, 인간을 서툴게 흉내 낸이 괴기스러운 흉물들에 에워싸인 내 기분을 조금이나마 이해할 수 있으리라.

"다섯 개, 다섯 개, 다섯 개짜리 사람입니다, 나처럼."

원숭이 인간이 말했다.

나는 양손을 내밀었다. 구석의 회색 녀석이 몸을 앞으로 기울이면서 말했다.

"네발로 뛰지 않는다. 그게 법이다. 우리는 사람 아닌가?"

녀석은 기묘하게 뒤틀린 발톱을 내밀어 내 손끝을 쥐었다. 사슴 발굽 따위를 발톱으로 변형해놓은 것과 흡사했다. 나는 너무 놀라고 아파서 고함을 지를 뻔했다. 녀석의 얼굴이 다가들어 내 손톱을 들여다보았다. 움막 입구 빛 속으로 몇 발짝 나왔다. 나는 몸 떨리는 역겨움을 느끼며 보았다. 녀석의 얼굴은 사람의 것도 동물의 것도 아니었다. 그저 하나의 회색 털북숭이였는데 눈과 입이 있다는 표시로 세 곳의 털이 솟아올라 그늘을 드리웠다.

"작은 손톱이 있군."

소름 끼치는 녀석이 긴 털에 뒤덮인 입으로 말했다.

"좋아"

녀석이 내 손을 내팽개치자 나는 본능적으로 막대기를 움켜쥐었다.

"뿌리와 풀을 먹어라. 그분의 뜻이다."

원숭이 인간이 말했다.

"나는 법을 말하는 자다."

회색 털북숭이가 말을 이었다.

"새로 온 자는 모두 법을 배워야 한다. 나는 어둠 속에 앉아 법을 말한다."

"그렇고말고."

입구께의 짐승 하나가 말했다.

"법을 어기는 자의 벌칙은 악하다. 벌을 받는다."

"벌을 받는다."

서로를 슬쩍 쳐다보며 동물 주민들이 합창했다.

"받는다, 받는다."

원숭이 인간이 말을 이었다.

"벌을 받는다. 봐라! 한번은 내가 작은 일을 잘못했다. 깩깩하고 깩깩하다가 말을 그치니까 아무도 알아듣지 못했다. 그래서 불에 데었다. 한 손에 낙인이 찍혔다. 그분은 위대하다. 그분은 훌륭하다!"

"벌을 받는다."

구석의 회색 털북숭이가 말했다.

"벌을 받는다."

서로를 곁눈질하며 동물 인간들이 말했다.

"욕심은 모두에게 나쁘다. 네가 무엇을 원하는지 우리는 모른다. 그러나 우리는 알 것이다. 누군가는 산 것을 뒤쫓길 원한다. 지켜보다가 살금살금 다가가서 기다리다가 덮친다. 죽여서 물어뜯는다. 깊숙이 한입 가득 베어 문다. 피를 빤다. 그건 나쁘다. '같은 인간을 뒤쫓지 않는다. 그게 법이다. 우리는 사람 아닌가? 물고기나 고기를 먹지 않는다. 그게 법이다. 우리는 사람 아닌가?'"

법을 말하는 자가 말했다.

"벌을 받는다."

입구에 서 있던 한 얼룩빼기 짐승이 말했다.

"욕심은 모두에게 나쁘다. 누군가는 이빨과 손으로 식물 뿌리를 찢어발기고 흙 속으로 코를 들이밀길 원한다. 그건 나쁘다."

법을 말하는 회색 털북숭이가 말했다.

"벌을 받는다."

입구의 동물 인간들이 합창했다.

"누군가는 나무를 할퀸다. 누군가는 죽은 자의 무덤을 파헤친다. 누군가는 앞머리나 발, 발톱으로 싸운다. 누군가는 아무 때나 덥석 문다. 누군가는 불결함을 좋아한다."

"벌을 받는다."

원숭이 인간이 장딴지를 긁으며 말했다.

"벌을 받는다."

쪼그마한 분홍빛 나무늘보 녀석이 말했다.

"벌칙은 가혹하고 철저하다. 그러므로 법을 배워라. 법을 말하라."

털북숭이가 대중없이 그 기묘한 법조문을 다시 한번 읊기 시작했고 동물 인간들과 나는 그것을 따라 외며 몸을 흔들어댔다. 이렇게 지껄여대는 소리와 숨을 턱턱 막는 그곳의 답답한 구린내에 나는 머리가 어질어질했다. 그래도 참고 견딘 것은 머지않아 상황이 바뀌어 호기를 맞을 거라는 희망에서였다.

"네발로 걷지 않는다. 그게 법이다. 우리는 사람 아닌가?"

이렇게 지껄여대느라 나는 바깥의 소란을 알지 못했다. 누군가가 (내가 만났던 두 돼지 인간 중 한 명이었던 것 같다) 작달막한 분홍색 나무늘보 너머로 고개를 들이밀고 무어라고 흥분해서 소리쳤다. 나는 알아듣지 못했다. 움막 입구에 있던 녀석들이 우왕좌왕 사라졌다. 원숭이 인간이 뛰어나갔다. 어둠 속에 앉아 있던 녀석이 원숭이를 뒤따랐다(녀석은 덩치 크고 꼴사납고 은빛 털에 덮여 있었다). 나는 홀로 남겨졌다. 내가 막 입구로 가는데 컹컹거리는 한 마리 사냥개 소리가 들렸다.

다음 순간 나는 못 박힌 막대기를 움켜쥐고 움막 바깥에 서 있었다. 내 모든 근육이 떨렸다. 앞에는 스무 명쯤 되는 동물 인간들이 흉측한 등허리를 보이고 서 있었다. 그들의 기형 머리는 견갑골 사이로 움푹 내려앉아 있었다. 그들은 열띠게 몸짓했다. 다른 반인반수 얼굴들이 무슨 일인가 하고 여기저기 움막들에서 얼굴을 빠끔히 내밀었다. 나는 그들이 보는 쪽을 바라보았다. 움막들 사이 길이 끝나는 저 너머 수목 아래 연무를 헤치고 검은 외관에 끔찍이도 하얀 얼굴을 한 모로 박사가 오고 있었다. 박사는 날뛰는 사냥개 한 마리를 잡아당기며 왔고 그 바로 뒤를 몽고메리가 권총을 쥐고 따랐다.

순간 나는 공포에 얼어붙었다. 몸을 돌려 반대편 길을 보니까 커다란 짐승 하나가 떡 버티고 있었다. 큼지막한 회색빛 얼굴에 작은 눈을 반짝이며 그놈이 내게로 다가왔다. 나는 주위를 둘러보았다. 오른쪽 6미터쯤 저편에 암벽 사이로 비좁은 틈이 있었다. 그곳으로 한 줄기 햇빛이 비스듬히 비쳐 들었다.

"멈춰!"

내가 그리로 접근하자 박사가 소리쳤다.

"붙잡아!"

그 말에 먼저 한 놈이 나를 바라보았고 다른 놈들이 돌아보았다. 놈들의 동물적 본능이 슬슬 살아나고 있었다. 모로의 지시에 막 나를 돌아보는 어떤 흉물스러운 놈을 나는 어깨로 치받아 제치고는 다른 놈에게로 뛰어들었다. 녀석의 양손이 휙 돌아와 나를 붙잡으려 했지만 나는 살짝 피했다. 작달막한 분홍빛 나무늘보 녀석이 나에게 덤벼들었다. 나는 막대기의 못으로 녀석의 추한 얼굴을 긁어 내렸다. 그다음 나는 가파른 옆길을 기어올랐다. 일종의 경사진 바위틈으로, 바위 골짜기를 벗어나는 길이었다. 등 뒤에서 짖어대는 소리가 들렸고 "잡아!" "붙잡아!" 하는 외침이 들렸다. 회색 털북숭이 얼굴이 내 뒤에 나타나 자신의 거대한 몸뚱이를 바위틈으로 쑤셔 넣었다. "어서! 어서!" 하고 놈들이 부르짖었다. 나는 비좁은 바위틈을 기어올랐다. 그리고 동물 인간 마을의 서쪽 측면 유황 지대로 나왔다.

그 바위틈은 나로선 행운이었다. 비스듬히 올라가는 그 비좁은 틈은 바싹 뒤쫓는 추격자들을 지연시킬 터였다. 나는 하얀 공지를 가로질러 나무들이 듬성듬성한 가파른 비탈을 내려갔다. 저지대의 키 큰 갈대숲이 나왔다. 그곳을 지나 어둑하고 무성한 풀숲으로 뛰어들었다. 밑바닥이 시커멓고 질척질척했다. 내가 갈대숲으로 들어갔을 때 선두 추격자가 바위틈에서 나타났다. 나는 한동안 풀숲을 헤치며 나아갔다. 머지않아 내 뒤와 주위로 위협적인 외침이 가득 찼다. 바윗골 비탈을 내려오는 추격자들이 법석 떠는 소리가 들렸다. 갈대숲으로 짓쳐들어오는 소리, 뒤이어 시시때때로 나뭇가지가 딱딱 부러지는 소리. 일부 동물 인간들은 흥분한 맹수처럼 포효했다. 사냥개가 왼편에서 컹컹 짖었다. 모로와 몽고메리가 그쪽으로 소리쳤다. 나는 오른쪽으로 날렵하게 방향을 틀었다. 몽고메리가 나한테 잡히면 죽는다고 소리치는 것도 같았다.

이내 보드라운 진흙에 발이 푹푹 빠졌다. 나는 필사적으로 나아갔다. 무릎까지 빠졌다. 이윽고 키 큰 등나무 사이 굽잇길에 접어들었다. 추격자들의 소란이 오른편으로 멀어졌다. 어느 지점에 이르자 고양이만 한 기묘한 분홍빛 동물 세 마리가 깡충깡충 내 앞을 지나갔다. 나는 이 소로를 따라 등성이를 올랐다. 하얀 가루로 뒤덮인 공지를 가로질러 등나무 숲으로 들어갔다. 그런데 갑자기 그 길이 급경사 저 아래 협곡과 나란히 뻗어나갔다. 사전에 경고도 없이, 어느 영국 공원에서의 느닷없는 웃음소리처럼 난데없이 길이 굽어졌다. 나는 여전히 전력으로 달리고 있었다. 급경사를 보지 못한 나는 허공으로 곤두박질쳤다.

가시나무들 사이로 양 팔뚝과 머리를 찧었다. 귀가 찢어지고 얼굴에 피를 흘리며 일어섰다. 떨어진 곳은 깎아지른 골짜기였다. 바위와 가시투성이인 그곳은 흐릿한 안개가 가닥가닥 주위를 떠다녔다. 작은 개울에서 피어오른 안개가 계곡 가운데를 굽이쳤다. 벌건 대낮에 옅은 안개를 대하니 놀라웠지만 신기해 하고 있을 여유가 없었다. 나는 오른편으로 가서 개울을 내려갔다. 이리로 가면 바다가 나오리라, 바다가 나오면 물에 빠져 죽든지 하리라는 생각을 품은 채. 나중에야 나는 못 박힌 막대기를 추락할 때 잃어버렸다는 사실을 알게 되었다.

한동안 계곡이 점점 좁아졌다. 나는 부주의하게 개울로 들어갔다가 펄쩍 뛰어나왔다. 물이 거의 쩔쩔 끓고 있었다. 김이 오르는 물 위에 얇은 유황 찌꺼기가 떠다녔다. 곧이어 나타난 모퉁이를 도니 푸른 수평선이 흐릿하게 드러났다. 무한 다면체 같은 앞바다가 햇빛을 난반사했다. 나는 곧 죽을 목숨이었다. 몸이 뜨겁고 숨이 찼다. 따뜻한 피가 얼굴에서 흘러내렸고 정맥의 피가 활기차게 돌았다. 추격자들을 따돌렸다는 생각에 환희감에 젖어 들었다. 아직은 바다로 들어가서 물에 빠져 죽을 때가 아니었다. 온 길을 뒤돌아보았다.

귀를 기울였다. 모기들이 윙윙거리고 가시나무들 사이를 뛰어다니는 어떤 곤충들이 빽빽 우는 것을 빼면 사방은 그지없이 적막했다. 개가 컹컹 짖는 소리가 어렴풋이 들리고 끽끽거리는 소리, 재잘거리는 소리, 채찍질 소리, 말소리가 났다. 여러 소리가 가까워지다가 멀어졌다. 개울 상류 쪽으로 멀어지더니 이윽고 사라졌다. 잠시나마 추적에서 놓여났다. 아울러 동물 인간들에게서 도움받을 희망도 사라졌다.

13. 협상

돌아서서 바다 쪽으로 내려갔다. 뜨거운 개울물이 넓게 퍼지면서 잡초투성이 얕은 모래밭을 이루고 있었다. 그 모래밭에 다수의 게들과 몸이 길쭉한 다족류들이 내 발걸음에 놀라 달아났다. 나는 바닷물 언저리까지 갔다. 그제야 안심이 되었다. 돌아서서 허리에 손을 짚고 우거진 녹음을 바라보았다. 녹음 사이로 뚫린 계곡이 연무를 머금고 문득 끝나 있었다. 하지만 나는 너무 흥분한 데다 필사적이어서 숙을 여념이 없었다(위험에 빠져본 적 있는 사람이라면 내 말을 믿으리라).

기회가 없는 건 아니라는 생각이 문득 스쳤다. 모로와 몽고메리, 그리고 그들의 짐승 떼거리가 섬 전체를 뒤지는 동안 나는 해변을 따라 돌담집으로 돌아간다. 놈들의 측면으로 빙 돌아가서 대충 지어놓은 돌담에서 돌덩이 하나를 빼내 쪽문 자물쇠를 부순다. 그리고 단도나 권총 따위를 찾아낸다. 놈들이 돌아오면 그 무기로 싸운다. 어쨌든 해볼 만한 일이지 않은가.

그래서 나는 서쪽으로 방향을 잡고 물가를 따라 걸었다. 석양의 눈부신 햇빛이 내 눈에 쏟아져 들어왔다. 부드러운 태평양 조류가 잔물결을 찰랑찰랑 밀어왔다. 이윽고 해변이 남쪽으로 펼쳐지며 태양이 내 오른쪽에 위치했다. 그런데 갑자기 저 앞 풀숲에서 한 형체가 나타나더니 여러 형체가 뒤를 이었다. 사냥개를 거느린 모로와 몽고메리, 그리고 다른 두 명이었다. 그들을 본 나는 멈추어 섰다.

나를 본 그들은 서로 몸짓하며 다가왔다. 다가드는 그들을 나는 지켜보고 서 있었다. 두 동물 인간이 나를 덤불에서 갈라놓으려고 안쪽으로 비스듬히 달려왔다. 몽고메리는 나를 향해 똑바로 달려왔다. 개를 거느린 모로는 뒤처졌다.

마침내 나는 행동에 나섰다. 바다 쪽으로 몸을 틀어 물속으로 뛰어들었다. 가장자리 물은 아주 얕았다. 30미터쯤 걸어 들어가니 허리까지 물이 찼다. 조간대(潮間帶)에 서식하는 생물들이 내 발걸음에 줄행랑치는 게 반투명하게 보였다.

"어이, 대체 왜 이러나?"

몽고메리가 소리쳤다.

나는 허리까지 차는 물에서 뒤돌아 그들을 바라보았다. 몽고메리가 물가에서 숨을 몰아쉬고 있었다. 힘들어서 얼굴은 발갛게 달아올랐고 금빛 긴 머리털은 바람에 너풀거렸다. 축 처진 아랫입술이 고르지 못한 치열을 드러냈다. 몽고메리를 막 따라잡은 모로의 얼굴은 창백하고 엄혹했다. 그의 손에 매인 개가 나를 향해 짖었다. 두 사람 모두 무거운 채찍을 들고 있었다. 동물 인간들은 해변 위쪽에서 나를 지켜보았다.

"왜 이러냐고? 물에 빠져 죽으려고 이러지."

내가 말했다.

몽고메리와 모로가 서로를 쳐다보았다.

"왜?"

모로가 물었다.

"당신한테 고문당하느니 차라리 죽는 게 나아."

"내가 그랬잖아요."

몽고메리가 말하자 모로가 무어라고 낮은 목소리로 말했다.

"내가 왜 당신을 고문할 거라고 생각하나?"

모로가 물었다.

"내가 본 것도 그렇고…… 저기 저 녀석들도 그렇고."

"그만!"

모로가 한 손을 들어올렸다.

"그만 못 해. 저들은 사람이었는데 지금 저 꼴을 보시오. 나는 추호도 저런 꼴은 되지 않을 거요."

나는 모로와 몽고메리 너머를 보았다. 해변 위쪽에 몽고메리 조수 '엠링'과 거룻배를 탔던 흰 천 두른 한 놈이 있었다. 그 위쪽 나무 그늘에는 낯익은 원숭이 인간과 그 뒤에 흐릿한 형체 몇이 있었다.

"저들은 다 뭐요?"

나는 동물 인간들을 가리키며 그들도 들을 수 있도록 목청을 한껏 높여 말을 이었다.

"저들도 사람이었소. 당신 같은 사람이었소. 당신이 짐승 같은 수단으로 저들을 타락시켰소. 당신이 저들을 노예로 만들었고 당신은 아직 저들을 두려워하고 있소."

이제 모로를 가리키며 그 뒤편 동물 인간들에게 외쳤다.

"당신들도 들으시오! 당신들도 들으시오! 이 사람들이 당신들을 여전히 두려워한다는 걸, 무서워한다는 걸 모르겠소? 당신네가 왜 저들을 두려워하오? 당신들은 수적으로……."

"제발 그만두시오, 프렌딕!"

몽고메리가 소리쳤다.

"프렌딕!"

모로가 외쳤다.

두 사람이 같이 고함질렀다. 내 목소리를 덮으려는 듯했다. 그들 뒤에서 동물 인간들이 무슨 일인가 하고 고개를 빼고 빤히 쳐다보았다. 변형된 팔을 늘어뜨리고 어깨를 구부정하게 수그렸다. 동물 인간들은 내 말을 이해하려고 애쓰는 듯 보였다. 과거의 인간 시절을 돌이키는 듯 보였다.

나는 계속 고함질렀다. 뭐라고 고함질렀는지는 잘 생각나지 않는다. 모로와 몽고메리는 불사신이 아니다, 그러니 두려워할 필요 없다는 요지를 동물 인간들 머릿속에 불어넣으려 했다. 내가 섬에 도착한 날 저녁에 보았던 거무튀튀한 누더기를 걸친 초록빛 눈을 한 사내가 내 말을 가까이서 들으려고 풀숲에서 나왔다. 다른 자들이 뒤를 따랐다. 이윽고 나는 숨이 차서 말을 그쳤다.

"잠깐만 내 말을 듣고 나서 하고픈 말을 하시오."

모로가 동요 없는 목소리로 말했다.

"뭐요?"

모로는 기침을 하더니 외쳤다.

"라틴어요, 프렌딕! 서툰 라틴어, 학창 시절 라틴어요. 하지만 알아들을 순 있을 게요. 'Hi non sunt homines; sunt animalia qui nos habemus.'* 생체실험 되었소. 인간화 과정에 있소. 설명해줄 테니 해변으로 나오시오."

나는 껄껄 웃었다.

"웃기는 소리 마시오. 말을 하고 집도 짓는 동물 봤소? 저들은 인간이었소. 내가 해변으로 나갈 것 같소?"

"당신이 서 있는 바로 뒤는 수심이 깊소. 상어가 득실하오."

"반가운 소리요. 굵고 짧게 당장 끝내지."

"잠깐만."

박사가 호주머니에서 무언가를 꺼냈다. 햇빛에 번쩍이는 그 물체를 자기 발치에 떨어뜨렸다.

"장전된 리볼버요. 여기 몽고메리도 나를 따라 할 거요. 이제 우리는 해변 위쪽으로 올라가겠소. 안전한 거리가 확보되었다 싶으면 이리로 나와서 총 두 자루를 가지시오."

"천만에! 숨겨둔 총이 또 있겠지."

"돌이켜 생각해보시오, 프렌딕. 첫째, 나는 당신더러 이 섬에 오라고 요청한 적 없소. 우리가 사람을 생체실험 한다면 동물이 아니라

---

* '이들은 인간이 아니오. 우리가 기르는 동물이오.'

사람을 들여왔겠지. 둘째, 어젯밤 당신한테 약을 먹였는데 우리가 무슨 해코지라도 했소? 셋째, 이제 정신적 공황에서 벗어났을 테니 생각을 좀 해보시오. 여기 몽고메리가 당신의 상상대로 마각을 드러냈소? 우리는 당신이 걱정돼서 쫓아온 거요. 이 섬은 온통 위험투성이요. 게다가 물에 빠져 죽겠다는 사람한테 우리가 왜 총을 쏘겠소?"

"그럼 내가 그 움막에 있을 때 왜 당신네 패들…… 사람들이 나한테 몰려왔소?"

"당신을 붙잡을 수 있을 것 같았소. 당신을 위험에서 구해내려던 것이었소. 그래서 체취를 뒤따라온 거요. 당신이 걱정돼서 말이오."

나는 곰곰이 생각했다. 그럴 수도 있겠다 싶었다. 문득 떠오르는 것이 있었다.

"하지만 돌담 안에서 본 건……."

"그건 퓨마였소."

"이봐요, 프렌딕. 멍청한 짓 그만해요! 물 밖으로 나와서 이 총들을 가지시오. 그리고 얘기합시다. 우리보고 이제 더 어쩌란 말이오?"

몽고메리가 말했다. 고백하건대 나는 이때뿐 아니라 언제나 모로를 불신하고 두려워했다. 하지만 몽고메리는 믿을 수 있는 사람 같았다. 나는 생각해보고 나서 말했다.

"위쪽으로 올라가시오. 두 손을 들고서."

"그럴 순 없소. 사람 체면이 있지."

몽고메리가 어깨 너머로 고갯짓하며 사정을 봐달라는 듯 말했다.

"그렇다면 숲으로 올라가시오."

"젠장, 귀찮게 구는군."

몽고메리가 구시렁거렸다.

두 사람은 돌아서서 예닐곱쯤 되는 기괴한 녀석들을 마주 대했다. 햇빛 속에 선 동물 인간들은 피와 살로 이루어졌고 그림자를 드리우고 움직거렸음에도 도저히 현실로 믿기지 않았다. 몽고메리가 채찍을 휘두르자 그들은 모두 돌아서서 우왕좌왕 숲속으로 들어갔다. 몽고메리와 모로가 적당히 멀어지자 나는 해변으로 걸어 나와서 총 두 자루를 집어들어 확인해보았다. 얄팍한 속임수에 넘어갈 내가 아니었다. 둥그스름한 화산암 덩어리에 한 발을 쏘았다. 바윗덩이가 산산조각 나고 총성이 해변을 울리자 나는 만족스러워졌다. 그래도 잠시 망설였다.

"위험을 무릅쓰자."

혼잣말하며 마침내 나는 양손에 권총을 하나씩 들고 그들을 향해 해변을 올라갔다.

"진작 그럴 것이지."

모로는 가식 없이 말했다.

"당신의 터무니없는 상상 탓에 내 귀중한 하루를 날려버렸잖소."

경멸하는 기색을 내보여 나를 기분 나쁘게 하더니 모로와 몽고메리는 돌아서서 말없이 앞장섰다.

동물 인간 무리는 아직도 호기심을 품은 채 나무숲에 물러서 있었다. 나는 되도록 태평하게 그들을 지나쳤다. 그중 하나가 나를 뒤따라 걸음을 뗐지만 몽고메리가 채찍을 휘두르자 물러났다. 나머지는 말없이 지켜보며 서 있었다. 이들이 한때 동물이었다니. 생각하려고 애쓰는 동물은 일찍이 본 일이 없는데.

14. 모로 박사, 설명하다

"자 이제, 프렌딕, 설명해주겠소."

우리가 먹고 마시고 나자 곧장 모로 박사가 운을 뗐다.

"당신처럼 제멋대로 구는 손님은 내 일찍이 맞아본 적이 없소. 당신한테 호의를 보이는 것도 이번이 마지막이오. 다음번에 또 자살하겠다고 공갈치면 사정없소. 개인적으로 귀찮은 일이 생기더라도 말이오."

박사는 재주 있어 뵈는 하얀 손가락 사이에 담배꽁초를 끼운 채 내 갑판 의자에 앉아 있었다. 흔들거리는 등불 불빛이 그의 백발을 비추었다. 박사는 작은 창밖으로 별빛을 바라보고 있었다. 나는 되도록 박사와 떨어져 앉았다. 탁자를 사이에 두고도 권총들을 각 손에 들고 있었다. 몽고메리는 없었다. 그 작은 방에 그들 두 사람이 들어와도 나는 상관없었지만.

"당신이 주장한 인간 생체실험이란 게 결국 퓨마에 불과했잖소?"

모로가 말했다. 그는 안쪽 방 참사의 희생물이 인간이 아님을 보여주려고 앞서 내게 그 방을 구경시켜주었다.

"네, 퓨마였지요. 산 채로 찢기고 잘렸더군요. 살아 있는 살덩이를 두 번 다시 보고 싶지 않습니다. 세상에 그렇게 끔찍한……."

"신경 쓰지 마시오. 젊은 사람들이야 다 그렇지. 몽고메리도 한땐 무서워했소. 그게 퓨마란 걸 당신도 인정했으니까 이제 내가 생리학 강의를 할 테니 조용히 들어보시오."

박사는 더없이 따분해하는 사람의 말투로 곧장 내게 자신의 작업을 설명했다. 조금 지나자 열기를 좀 띠었다. 박사는 아주 솔직하고 설득력 있었다. 이따금 그의 말투에서 냉소가 배어 나왔다. 이내 나는 탁자를 사이에 두고 대치하듯 앉아 있는 나 자신이 창피해서 얼굴이 화끈거렸다.

내가 본 종족은 사람이 아니었고 사람이었던 적도 없었다. 그들은 동물…… 인간화된 동물이었다. 생체해부술의 개가였다.

"숙련된 생체해부학자는 산 생명체를 가지고 해부할 수 있소. 나로서는 내가 여기서 한 작업들이 왜 이전에는 시도되지 않았는지 잘 모르겠소. 물론 소소한 성과들이야 있었지. 절단술이나 혀 자르기, 절제술 따위 말이오. 사팔뜨기가 수술로 만들어지거나 치료된다는 사실은 물론 아실 테지. 가령 절제술 경우는 색소 분비 교란이나 정욕 감퇴, 지방 조직 분비 변화 같은 온갖 종류의 부차적 변화를 겪게 돼요. 이런 얘긴 분명 들어봤으리라 믿소만."

"물론입니다. 하지만 당신네 그 흉측한 종족은……."

"천천히 말해주리다."

박사가 한 손으로 내 말을 막았다.

"이제 막 이야길 하고 있잖소. 그들은 소소한 개조 대상들이고 그보다 더한 일을 해낼 수 있는 게 외과술이오. 축조가 있으면 파괴가 있고 개조가 있지요. 코가 깨진 경우 최후 조처로 행하는 일반적인 외과 수술에 대해 들어봤을 게요. 이마에서 피부 조직을 잘라내 코에 갖다 붙이면 그 새로운 부위에서 피부가 살아나지요. 이것은 동물의 동일 몸체 내에서 행하는 식피술의 일종이오. 다른 동물에게서 갓 얻은 재료를 이식하는 것도 가능하오. 이빨의 경우가 그렇소. 살갗과 뼈의 이식은 치료를 촉진하기 위해서요. 상처 한가운데의 수술 부위에 다른 동물에게서 잘라낸 피부나 방금 죽임을 당한 희생물의 뼛조각을 이어 붙이는 거요. 아마 당신도 들어봤겠지만 헌터종 말의 며느리발톱이 황소의 목에 성공적으로 접합되었더랬소. 알제리 주아브병들의 코뿔소쥐도 역시 마찬가지요. 평범한 쥐의 꼬리 피부 조직을 그놈의 코에 옮겨 심어 그 부위에서 자라도록 해서 만들어진 괴물이오."

"만들어진 괴물이라! 그럼 박사님 말씀은……."

"그렇소. 당신이 본 그 족속들은 동물들을 자르고 붙여 새로운 형태로 만든 거요. 그것을 위해, 생명체의 적응력 연구를 위해 내 일생을 바쳤소. 나는 다년간 연구하면서 내가 원하는 지식을 얻었소. 무서워할 필요 없소. 별 새로울 것도 없는 애기잖소. 이건 모두 몇 년 전의 실용 해부술 일반에 기반하고 있소. 하지만 아무도 도전하지 않은 영역이지. 내가 개조하는 건 단순히 동물의 외형만이 아니오.

생리적 측면, 동물의 화학적 리듬까지 영구 변화를 겪게 만들 수 있소. 예를 들어 생물이나 무생물로 백신 접종이나 다른 예방 접종을 하는 것은 당신도 잘 알 거요. 그 비슷한 수술로 수혈이 있소. 그 분야는 사실 내가 개척했지. 이것들은 모두 잘 알려진 사례들이오. 좀 덜 알려지고 훨씬 광범위한 사례로는 중세기 개업의들이 난쟁이며 기형과 구경거리 괴물을 만드는 데 쓴 수술을 들 수 있소. 그 의술의 일부 흔적은 젊은 약장수나 곡예사들의 맛보기 속임수에 아직도 남아 있소. 빅토르 위고가《웃는 남자》에서 그걸 좀 언급했지. 이제 내 취지가 점점 분명해지고 있소. 한 동물의 특정 부위에서 다른 부위로, 혹은 한 동물에게서 다른 동물에게로 조직을 옮겨 심는 게 가능하다는 건 이제 아실 테지? 그래서 그 동물의 화학 반응과 생장 방식을 변경하고 사지 관절을 변형하고 그래서 그 본질적 구조를 개조하는 것이오.

하지만 이 특별한 분야를 과제로 삼아 체계적으로 연구한 현대 연구자들은 일찍이 없었소. 내가 유일하지! 그 비슷한 경우를 최후의 수술 방법 와중에 맞닥뜨리는 경우는 더러 있었지만. 당신 마음에 떠오를 법한 대부분 유사 사례는 우연한 계제에 실행되어온 셈이오. 폭군이나 범죄자, 말과 개의 종축(種畜) 사육자들이, 그리고 당장의 목적에 급급한 온갖 미숙하고 서투른 일손들이 행해왔단 말이오. 살균된 외과술과 생장 법칙에 관한 진정한 과학적 지식으로 무장하고 이 과제를 받아 든 사람은 내가 처음이오. 하지만 이 일이 과거에 은밀하게 행해졌다고 믿는 사람도 있는 것 같소. 샴쌍둥이 같은 경우나 종교재판소 지하에서 말이오. 그들의 주목적은 기술적인 고문에 있었겠지만 고문자들 중 적어도 몇몇은 과학적 호기심의 발로에서였을 거요."

"하지만 여기 족속은…… 여기 동물들은 말을 합니다!"

박사는 그렇다고 대답했다. 생체실험의 실현성은 단지 신체 변형에 그치는 게 아니라고 지적했다. 돼지도 교육할 수 있다. 정신 구조는 신체 구조보다 한결 유연하다. 기존 선천적 본능을 새로운 암시로 대체할 수 있다는 가망성을 나날이 발전하는 최면학이 보여준다. 유전된 고착관념을 이식하거나 대체할 수 있다고 했다. 우리가 윤리 교육이라 부르는 것도 따지고 보면 본능의 인위적 개조이자 왜곡에 불과하다. 호전성이 교육을 통해 용감한 자기희생으로 바뀌고 성욕이 종교 감정으로 억제되지 않는가. 사람과 원숭이의 중대한 차이는 후두부에 있다. 사고를 밑받침하는 여러 음 상징*을 정교하게 발음하는 능력 여부에 달렸다. 박사의 이 말에 나는 동의하지 않았지만 박사는 무례한 언행으로 내 반대를 무시했다. '사실이 그렇다' 라고 반복하고는 자신의 연구에 대한 설명을 이어 나갔다.

나는 박사에게 왜 하필이면 인체를 모델로 삼았느냐고 물었다. 그 선택에는 아무래도 야릇한 사의(邪意)가 있는 듯했다. 지금도 그 생각에는 변함없다.

박사는 우연히 인체를 모델로 삼게 되었노라고 밝혔다.

"차라리 양을 라마로, 라마를 양으로 만들었다면 어땠을까 싶소. 인체에는 여느 동물 형상보다 훨씬 강렬하게 예술가 기질의 사람을

---

* 단어의 음성적 특징과 의미 사이에 보이는 상관관계

매혹하는 무언가가 있는 것 같소. 하지만 나는 사람 만들기에만 몰두하진 않았소. 두어 번쯤……."

그가 1분쯤 말이 없었다.

"어느덧 몇 년이! 세월 참 빠르군! 그런데 당신 목숨을 구하느라 하루를 소비하고 지금은 나 자신을 해명하는 데 한 시간을 허비하고 있으니!"

"하지만 아직도 이해되지 않습니다. 박사님은 무슨 명분으로 이 모든 고통을 강요하시는지요? 제가 보기에 생체실험을 변호하는 유일한 논리는 어떤 용도에 응용……."

"그렇소. 하지만 나는 체질이 다르오. 우리는 주의가 다르오. 당신은 유물론자요."

"난 유물론자가 아닙니다."

내가 발끈 쏘아붙였다.

"내가 보기에…… 내가 보기에 그렇단 말이지. 고통의 문제가 우리를 갈라놓고 있잖소. 고통이 눈에 보이고 귀에 들려서 당신이 불편해지니까, 당신 자신이 고통에 시달리니까, 고통이 당신의 죄책감을 불러일으키니까, 당신이 말하자면 동물이니까, 그러니까 동물들이 느끼는 것을 좀 더 뚜렷하게 추측하는 거요. 그 고통이란 건……."

나는 그 궤변에 조급하게 어깨를 으쓱했다.

"아하, 하지만 고통은 사소한 것이오. 과학의 가르침에 올곧게 마음을 연 사람이라면 그 고통이 사소한 것임을 알 거요. 이 작은 행성에서는 그렇지 않을지도 모르지. 이 우주 먼지 알갱이 같은 곳에서는, 가까운 별에 이르기 한참 전에 육안에서 사라져버릴 이 지구상에서는 아닐지도 모르지. 그것을 고통이라 부르는 곳은 이 지구밖에는 없을지도 몰라요. 그리고 이 지구상에서조차 고통을 느끼지 않는 생물들이 많소."

그러면서 박사는 주머니칼을 호주머니에서 꺼내 작은 칼날을 펼치고는 의자를 좀 움직여 자신의 허벅다리를 보여주었다. 그러고는 세심하게 한 지점을 고르더니 칼날을 그 허벅지에 찔렀다가 뺐다.

"전에도 이런 장면을 봤을 거요. 살짝 찔러서는 아프지 않소. 이게 무엇을 뜻하겠소? 근육에는 통증 지각이 필요치 않지. 그래서 근육에는 지각 능력이 없는 거요. 하지만 피부에는 약간 필요하지. 허벅지 여기저기 몇 곳에 고통을 느끼는 지점이 있소. 고통은 단지 우리를 경고하고 자극하는 우리의 고유한 의학적 충고자일 뿐이오. 생체라고 해서 다 고통을 느끼는 건 아니오. 다 신경이 있는 것도 아니고 지각 신경이 있는 것도 아니오. 시신경 감각에는 고통, 참다운 고통을 지각하는 능력이 없소. 시신경을 다치면 번쩍하는 섬광을 볼 뿐이오. 청신경 장애 시에 귓속에서 이명이 윙윙거리는 것과 마찬가지요. 식물이나 하등동물들은 고통을 느끼지 않소. 불가사리나 가재 같은 생물은 아예 고통을 느끼지 못하는 듯하오. 사람의 경우, 지능적으로 될수록 그만큼 지능적으로 자신의 복지를 추구하게 되고 그 결과, 위험에서 자신을 보호하는 자극의 필요성은 점점 줄어들게 되오. 쓸데없는 것은 진화에 따라 머지않아 소멸하는 법이오. 안 그렇소? 고통은 쓸모없어지고 있소.

나도 다른 정상인들처럼 종교적인 사람이오, 프렌딕. 어쩌면 내가 당신보다 이 세상 조물주의 뜻을 더 잘 안다고 보오. 당신이 나비를 채집하는 동안 나는 평생에 걸쳐 내 식대로 조물주의 법을 탐구해왔소. 그리고 말하지만 환희와 고통은 천국과 지옥과는 상관없소. 환희와 고통? 흥! 당신네 신학자들이 말하는 황홀경이란 무엇이오? 어둠 속 마호메트의 하우리*에 불과하잖소? 남자와 여자가 기쁨과 고통에 몰두하는 이 습성은 말이오, 프렌딕, 짐승의 표식에 불과하오……. 그들이 애초에 짐승이었다는 표식에 불과하오! 고통, 고통과 기쁨은 우리가 진창에서 몸부림치는 동안에나 필요한 거요.

나는 연구만 했고 연구가 방향을 이끌었소. 참된 연구 방법이란 바로 그런 식 아니겠소. 나는 하나의 의문을 품었고 그 해답을 얻는 나름의 방식을 고안해냈소. 그리고 새로운 의문을 품었소. 이렇게 하면 가능할까, 저렇게 하면 가능할까. 이런 질문이 연구자한테 어떤 의미를 지니는지 당신은 모를 거요. 연구자가 지적 열정을 쏟는다는 게 어떤 의미인지 당신은 모를 거요! 그 지적 열망이 가져다주는 기묘하고 무색투명한 기쁨을 당신은 모를 거요! 당신 눈앞에 있는 것들은 더는 동물이 아니라 같은 인간이오. 하지만 골칫덩이지! 동정의 고통에 대해서 내가 아는 거라곤 여러 해 전에 그런 감정을 겪어봤다는 사실뿐이오. 내가 바란 게 하나 있다면 한 생명체가 어디까지 적응할 수 있는지 그 한계치를 알아내는 일이었소."

"하지만 녀석들은 흉측해요."

---

* 이슬람교에서 천국에 산다고 믿는 미녀

"이날 이때까지 나는 윤리 문제로 골치를 앓아본 적이 없소. 자연 법칙을 연구하다 보면 그 연구자까지 자연처럼 비정해집니다. 나는 그 어느 것에도 구애받지 않고 내가 추구하는 과제에만 전념했소. 실험 재료들은 저기 움막으로 하나둘 들어갔소. 우리가 여기에 온 지 거의 11년째요. 나와 몽고메리, 카나카* 토인 여섯이었지. 이 섬의 푸른 정적과 우리 앞 막막한 바다가 어제 일처럼 선명하게 떠오르오. 이 섬은 우리에게 안성맞춤이었소.

짐을 풀고 집을 지었소. 토인들은 그 바윗골에 움막을 몇 채 지었소. 나는 준비해온 것으로 일을 하러 여기에 왔소. 처음엔 고약한 일들이 좀 있었소. 양부터 시작했는데 하루 한나절 뒤에 메스가 미끄러지는 바람에 그놈을 죽이고 말았소. 다른 양을 골라서 고통과 공포의 과정을 거친 뒤 묶어놓은 채 회복을 기다렸소. 수술을 끝냈을 때는 꽤 사람같이 보였는데 다시 가보니까 실망스러운 모습이었소. 나를 기억하고 있던 놈은 상상 이상으로 공포에 질렸소. 고작 양의 깜냥에 불과했던 게요. 들여다볼수록 형편없는 놈이었소. 결국 그 기물(奇物)의 고통을 끊어주었소. 용기 없고 겁쟁이에, 고통엔 약하고 고문에 맞설 최소한의 대결 정신도 없는 그 동물들은 인간 만들기에 적합하지 않았소.

그다음엔 준비해온 고릴라에 손을 댔소. 세심한 주의를 기울인 끝에, 고생에 고생을 거듭한 끝에 첫 번째 인간을 만들어냈소. 한 주 내내 밤낮으로 그 녀석을 뜯어고쳤소. 녀석의 경우, 뇌를 주로 뜯어

---

* 하와이와 남태평양 제도의 원주민

고칠 필요가 있었소. 뇌의 많은 부분을 추가하고 많은 부분을 개조해야 했소. 수술을 끝냈을 때 나는 녀석을 흑인 인종의 온전한 표본으로 여겼더랬소. 녀석은 붕대를 감고 묶인 채 미동도 않고 내 앞에 있었소. 녀석의 목숨이 안전하다는 사실을 확인한 뒤에야 나는 녀석을 떠나서 이 방으로 다시 들어왔소. 그리고 당신과 별 다를 바 없는 몽고메리와 마주쳤던 거요. 고릴라가 인간으로 닮아가면서 내지른 비명을 몽고메리가 들었던 게요. 당신을 불안하게 한 그 비명과 비슷했더랬소. 나도 처음부터 몽고메리를 완전히 신뢰한 건 아니었소. 카나카인들도 무슨 일이 벌어지고 있음을 알게 되었소. 내가 나타나자 혼겁들을 하더군. 몽고메리는 어쨌든 내 편으로 끌어들일 수 있었지만 토인들의 도주를 막느라 몽고메리와 나는 무지하게 고생했소. 마침내 토인들은 달아났고 우리는 그 요트를 잃었소. 나는 고릴라 인간을 교육하느라 여러 날을 소비했소. 그놈한테 서너 달을 통째로 갖다 바친 거요. 영어 기초를 가르치고 숫자를 어떻게 세는지 알려주고 알파벳 읽는 법까지 가르쳐줬소. 하지만 놈은 배우는 게 느렸소. 그놈보다 더 느린 돌대가리들도 보긴 했지만. 놈은 정신적 백지 상태에서 시작했소. 이전에 자신이 무엇이었는지 전혀 기억하지 못했소. 상처가 거의 아물고, 아프고 자세가 뻣뻣한 것을 제외하면 별 이상이 없고 대화를 좀 할 수 있게 되자 나는 놈을 거기로 데려가서 카나카인들에게 소개해줬소. 흥미로운 밀항자라고 말이오.

토인들은 웬일인지 처음엔 그를 기겁하며 무서워했소. 그 때문에 내 기분이 좀 상했더랬소. 내가 그를 얼마나 자랑스러워했는가 말이오. 하지만 녀석의 태도가 무척 얌전하고 그지없이 딱해 보이자 이윽고 토인들은 그를 받아주며 그의 교육을 맡았소. 녀석은 빨리 배웠고 흉내를 잘 내고 적응을 잘했소. 스스로 움막을 지을 줄도 알았소. 내가 보기엔 토인들 거처보다 한결 그럴듯했소. 토인들 중에 선교사 비슷한 자가 있었는데 그자가 읽기 혹은 글자 알아맞히기와 기초 도덕을 가르쳤소. 하지만 녀석의 버릇이 다 바람직한 것은 아니었소.

그 후로 나는 일손을 놓고 여러 날을 쉬었소. 전체 경과를 글로 써서 영국 생리학계를 각성시킬 작정이었소. 그러다 우연히 녀석이 나무 위에 쭈그려 앉아 자신을 골려먹는 토인들 둘을 향해 끽끽 대는 장면을 봤어요. 나는 녀석을 꾸짖으며 그런 행위는 인간답지 않다고 그의 수치심을 불러일으켰소. 그러곤 거처로 돌아오며 내 연구 결과를 영국으로 가지고 돌아가기 전에 일을 한층 진척시켜야겠다고 결심했소. 그동안 진척이 있었소. 하지만 웬일인지 녀석들이 원상태로 돌아가고 있소. 그 완고한 동물 신체가 나날이 회귀하고 있소. 그러나 나는 개선을 포기하지 않았소. 이 문제를 정복하고야 말 것이오. 이번 퓨마는…….

얘기가 옆길로 샜군요. 카나카 사람들은 이제 전부 죽었소. 하나는 거룻배에서 떨어졌고 다른 하나는 다친 발뒤꿈치에 어쩌다 독풀이 닿아 죽었소. 세 놈은 요트를 타고 달아났소. 물에 빠져 죽었으리라 희망하오. 나머지 한 명은…… 죽음을 당했소. 흠, 나는 그들의 역할을 다른 녀석들로 대체했소. 몽고메리도 처음엔 당신과 별 다를 바 없이 행동했소. 그러다가…….”

"나머지 한 명은 어찌 됐습니까?"

내가 파고들었다.

"죽임을 당했다는 나머지 카나카인 말입니다."

"사실은, 인간 동물을 얼마간 만들고 나서 무언가를 만들었소……."

하고 박사가 머뭇거렸다.

"네에?"

"'놈'도 죽음을 당했소.

"무슨 말인지 모르겠습니다. 그러니까 박사님 말씀은……."

"놈이 그 카나카인을 죽였지, 암. 닥치는 대로 몇 녀석을 죽였소. 우리는 이틀간 놈을 뒤쫓았소. 놈이 탈출하는 사고가 벌어진 거요. 놈이 달아날 줄은 생각도 못 했소. 그것도 수술 도중에 말이오. 순전히 실험이었소. 팔다리가 없고 끔찍한 얼굴을 하고 뱀처럼 땅을 기어 다녔소. 엄청나게 힘이 센 놈은 격심한 고통에 휩싸여 있었소. 며칠간 숲속에 숨어 있다가 우리한테 쫓기자 이 섬의 북부로 기어갔소. 우리는 놈을 포위하려고 팀을 쪼갰소. 몽고메리는 나랑 같이 가겠다고 졸라댔지. 그 카나카인은 라이플을 가지고 있었소. 그런데 그의 시체를 발견하고 보니 총신 하나가 S자 모양으로 휘어지고 깊게 깨문 자국이 있더군. 몽고메리가 놈을 쏘았소. 그 후로 나는 인간 구현에 달라붙었소……. 사소한 몇 경우만 빼고."

박사는 침묵했다. 나는 박사의 얼굴을 지켜보며 말없이 앉아 있었다.

"20년을 오롯이, 잉글랜드에서 보낸 9년을 포함해 나는 연구에 매진해왔소. 내가 하는 모든 일에는 아직도 해결되지 않는 무언가가 있소. 나를 좌절시키고 불만하게 하고 더욱 진력하게 만드는 무언가가 있소. 가끔은 내 수준을 능가하고 가끔은 내 수준을 밑돌지만 내가 꿈꾸는 것에는 항상 미달하오. 나는 이제 인간 형체를 제법 손쉽게 빚어낼 수 있소. 그래서 놈들은 유연하고 우아하거나 건장하고 강인한 신체를 지니고 있지. 하지만 손과 발톱을 처리하는 데 자주 애를 먹고 있소. 내가 감히 마음대로 모양을 낼 수 없는 부분이오. 하지만 그것은 세심한 이식과 재개조 작업 중에 있소. 그것만큼이나 골치 아픈 것은 뇌수술이오. 기이할 정도로 지능이 낮게 되는 경우가 잦고 까닭 모를 백치 상태가 야기되고 예상치 못했던 결함이 발견되오. 제일 불만스러운 부분은 감정 영역의 특정 부위를 집어낼 수 없다는 점이오. 어디를 건드려야 할지 모르겠다는 거지. 기묘한 저장기(器)에 숨어 있다가 불쑥 튀어나와 한 개체 전체를 분노와 증오, 공포에 휩싸이게 하는, 인간성을 갉아먹는 탐욕, 본능, 갈망……. 내가 만든 이 녀석들을 당신이 처음 대했을 때는 괴상하고 괴기스럽게 보였을 거요. 하지만 나에겐, 그들을 만들고 난 직후에는 두말할 필요 없는 인간으로 보였소. 나중에 그들을 다시 들여다보면 확신이 사라지오. 동물적 특성을 한 놈 두 놈 슬금슬금 드러내다가 나중에는 염치없이 노골화하오. 하지만 나는 굴하지 않소! 동물들을 격심한 고통의 도가니로 밀어 넣을 때마다 나는 '이번에는 동물들을 깡그리 불태우겠다. 이번에는 이성적 개체를 만들고야 말겠다!' 하고 다짐합니다. 그까짓 10년이 대수겠소. 인류가 만들어지는 데 10만 년이 걸리지 않았소?"

박사는 비관적으로 생각했다.

"하지만 나는 목표에 다가서고 있소. 이번 퓨마는……" 하고 잠시 침묵했다.

"놈들은 회귀하고 있소. 놈들에게서 내가 손을 떼는 즉시 놈들은 슬금슬금 원상태로 돌아가오. 천성을 도로 드러내기 시작하오."

긴 침묵이 이어졌다.

"그럼 박사님이 그들을 그 움막으로 보냈습니까?"

"제 발로 간 거지. 놈들에게서 짐승의 면모가 느껴지기 시작하면 놈들을 내쫓소. 그래서 거기 모여 어슬렁거리는 거지. 놈들은 이 집과 나를 무서워해요. 거기서 인간을 흉내 내는 모양이오. 몽고메리가 잘 알지. 걔네 일에 관여하고 있으니까. 몽고메리가 개중 한둘을 우리 일에 쓰려고 훈련시켰소. 그는 그 일을 창피해하지만 그들 중 몇몇을 마음에 들어 하는 모양이오. 그건 그의 사정이고 나는 아니오. 놈들을 보면 열패감에 속상할 뿐이오. 나는 녀석들한테 관심 없소. 녀석들은 그 카나카인 선교사의 가르침을 받들어 이성적인 생활을 모방하고 있소. 불쌍한 짐승들! 놈들이 법이라 부르는 어떤 게 있소. '모두 그분의 것' 어쩌고 찬송가를 부르오. 스스로 움막을 짓고 열매를 따고 식용 풀을 뜯고 결혼까지 하오. 하지만 나는 그 전부를 꿰뚫어 보고 있소. 그들의 영혼까지 들여다보고 있소. 동물의 영혼밖에 아무것도 없다는 걸 알고 있소. 삶과 욕구 충족을 위한 타락과 분노, 탐욕의 영혼뿐이오. 그럼에도 특이하지. 다른 생명들처럼 복잡하지. 그들 안에 상승을 위한 노력이 있소. 그 일부는 허영이고 일부는 성적 감정의 낭비, 또 일부는 호기심 낭비요. 실망스러울 뿐이오. 이번 암놈 퓨마에 희망을 좀 걸고 있소. 퓨마의 머리와 뇌에 공을 들이고 있소…….”

하다가 한참 침묵을 지켰다. 우리는 각자의 생각에 잠겼다. 이윽고 박사가 일어서며 말했다.

“자, 이제 선생 생각은 어떻소? 아직도 내가 두렵소?”

나는 그를 바라보았다. 창백한 얼굴에 하얀 머리털, 고요한 눈매를 지닌 한 노인에 지나지 않았다. 흔들림 없는 차분함과 장려한 그의 체격은 아름답게 보이기까지 했다. 어디에 내놔도 빠지지 않을, 편안한 느낌을 주는 노신사였다. 문득 나는 몸을 떨었다. 두 번째 질문에 대한 대답으로 나는 한 손의 권총을 내밀었다.

“가지고 있어요” 하곤 박사가 갑자기 하품을 했다. 선 채로 나를 잠시 응시하다가 웃음 지었다.

“파란 많은 이틀을 지냈구려. 수면을 권하고 싶소. 오해가 다 풀려서 기쁘오. 잘 주무시오.”

박사는 나에 대해 곰곰이 생각하는 듯하더니 안쪽 문으로 나갔다.

즉시 나는 바깥문 열쇠를 돌리고는 되앉았다. 맥없는 기분에 빠져 한동안 앉아 있었다. 감정도 지치고 정신도 지치고 몸도 지친 탓에 박사가 설파하고 간 요점 이상은 생각할 수 없었다. 검은 창이 눈구멍처럼 나를 응시했다. 마침내 나는 어렵사리 불을 끄고 해먹으로 올랐다. 곧 잠들었다.

15. 동물 인간들에 대하여

일찍 눈을 떴다. 눈을 뜨는 순간부터 모로의 설명이 내 마음에 생생하고 선명하게 되살아났다. 나는 해먹에서 빠져나와 바깥문으로 가서 열쇠가 돌려져 있는지 확인했다. 그다음에 창살을 점검했다. 창살은 튼튼히 고정되어 있었다. 그 사람 같은 동물들이 사실은 흉포한 괴물에 불과하다, 기괴한 인간 모방에 불과하다고 생각되자 막연한 불안감이 몰려왔다. 그들이 문제를 일으킬 수도 있다는 가능성은 그 어떤 확실한 공포보다도 훨씬 두려웠다.

바깥문을 두드리는 소리가 났다. 엠링의 끈적끈적한 억양이 밴 목소리였다. 나는 권총 한 자루를 호주머니에 넣고 (그 총에서 손을 떼지 않은 채) 문을 열었다.

"안녕하세요, 나리."

엠링은 통상적인 채식 아침 식사에 형편없이 조리한 토끼 요리를 보태 들고 들어왔다. 몽고메리가 뒤따랐다. 몽고메리의 산만한 눈초리가 내 손 위치에 와 닿더니 실쭉 웃었다.

퓨마는 이날 상처를 아물게 하며 쉬고 있었다. 유난히 혼자 있길 좋아하는 모로는 식사 자리에 나타나지 않았다. 나는 동물 인간들의 생활 방식에 대한 궁금증을 풀려고 몽고메리와 얘기를 나누었다. 특히 그 비인간적 괴물들에게 모로와 몽고메리가 어떻게 습격받지 않을 수 있는지, 어떻게 서로 어울릴 수 있는지 알고 싶은 마음이 급했다. 모로와 자신이 비교적 안전할 수 있는 까닭은 그 괴물들의 정신적 시야가 좁기 때문이라고 그는 설명했다. 놈들의 지능이 발달하고 동물 본능이 다시 눈을 뜨고 있음에도 모로 박사가 그들의 마음에 심어놓은, 그들의 상상력을 절대적으로 제한하는 어떤 고착관념이 있다고 했다. 박사는 그들에게 최면을 걸었다. 어떤 일들은 불가능하고 또 어떤 일들은 해서는 안 된다고 가르쳤다. 이런 금기들을 그들의 마음결에 새겨 불복종이나 반항의 가능성을 잠재운다고 한다.

하지만 모로 박사의 애를 먹이는 옛 본능과 관련한 몇몇 문제들은 다소 불안정한 상태에 있었다. 그들이 암송하는 것을 내가 이미 들어본 '법'이라는 일련의 규범들은 반역하고만 싶은 그들의 뿌리 깊은 동물 본성과 그들 마음속에서 싸우고 있었다. 그 법을 계속 되뇌는 가운데서도 그들은 부단히 어겼다. 몽고메리와 모로는 놈들이 피 맛을 알지 못하도록 하는 데 각별히 신경을 썼다. 피 맛을 알게 되면 어떤 일이 벌어질지 모른다고 했다. 특히 고양잇과 동물 인간들은 해 질 녘에 이상하게 법을 무시하는 경향이 있다고 몽고메리는 말했다. 그 시각에 놈들의 힘이 제일 강해진다고 한다. 땅거미가 지면 그들 내부에서 문득 모험 정신이 고개를 들어 낮에는 꿈도 꾸지 못했던 일을 제꺽 해치운다고 했다. 내가 이 섬에 도착한 날 밤 표범 인간이 나를 미행한 것도 그런 까닭에서였다. 하지만 내가 이 섬에 머물던 초기에는 놈들이 법을 어겨도 몰래, 그것도 어두워진 다음에나 어겼다. 낮에는 자신들의 갖가지 금기를 존중하는 전반적인 분위기가 있었다.

이쯤에서 이 섬과 동물 인간들에 대한 일반 사항들을 얼마간 밝히겠다. 해안선이 들쑥날쑥한 이 섬은 넓은 바다 위에 납작하게 엎드려 있었고, 전체 면적은 대략 12제곱킬로미터였다*. 원래는 화산섬으로 지금은 삼면이 산호초로 둘러싸여 있었다. 몇몇 분기공들이 북쪽에 있고 온천 하나가 있다는 점이 섬의 까마득한 유래를 알려주는 유일한 흔적이다. 종종 희미한 지진이 감지되고 굽이쳐 솟는 연기가 이따금 수증기 돌풍으로 격화되지만 그뿐이었다. 몽고메리의 말로는 섬의 인구는 이제 60명이 좀 넘는다고 했다. 모로의 작품인 괴상한 피조물 숫자가 그렇다는 얘긴데 덤불 속에 사는, 인간을 닮지 않은 쪼그마한 괴물들은 셈에서 제외한 수치다. 모로는 도합 120개체를 만들었는데 그중 다수는 죽었고 다른 개체들, 가령 박사가 나한테 말한, 기어다니는 팔다리 없는 놈 같은 경우엔 참혹한 결말을 맞이했다. 내 질문에 몽고메리가 답하길, 동물 인간들이 실제로 자식

---

* 이 설명으로 보아 '고귀한 섬'과 모든 면에서 일치한다. — 찰스 에드워드 프렌딕 (원주)

을 낳았지만 대개는 죽고 말았다. 살아남은 새끼들은 모로에게 잡혀서 사람 모습을 뒤집어썼다. 후천적 인간성이 유전된다는 증거는 어디에도 없었다. 암컷들은 수컷들보다 수가 적었고 '법'이 명하는 일부일처에도 아랑곳없이 은밀히 괴롭힘 당하는 경우가 잦았다.

동물 인간들을 자세히 묘사하는 일은 불가능하다. 평소 사물을 유심히 관찰하는 버릇을 기르지 않은 데다 불행히도 스케치까지 서툴렀다. 그들 전체 모습에서 제일 눈에 띄는 것은 양다리와 몸통 길이의 불균형이었다. 우리의 미적 감각이 그만큼 상대적이라는 방증이겠지만 그들의 모습이 눈에 익자 도리어 내 기다란 허벅다리가 볼품없다는 그들의 설득에 내가 넘어갔다. 앞으로 쑥 내민 머리통과 꼴사납고 비인간적인 굽은 등뼈도 눈에 띄는 점이었다. 예의 원숭이 인간조차도 사람의 몸태를 아름답게 보이게 하는, 안으로 유연하게 굽는 등과는 거리가 멀었다. 대개 어깨가 흉하게 굽었고 짧은 팔이 옆구리에 유약하게 매달려 있었다. 그중 몇몇은 이채로운 털을 하고 있었다. 적어도 내가 섬에 머무르는 동안에는.

다음으로 뚜렷한 기형 부분은 얼굴이었다. 거의 전부가 턱이 쑥 나왔고 귀 부위가 기형이었다. 툭 불거진 큰 코, 아주 부드러운 털 혹은 아주 억센 털에 이상한 빛깔의 눈동자 아니면 이상한 위치의 눈을 하고 있었다. 킥킥 웃는 원숭이 인간을 제외하면 다들 소리 내어 웃을 줄 몰랐다. 이런 전반적인 특징 외에 놈들의 머리는 공통점이 거의 없었다. 제각기 개별 종의 특색을 지녔다. 인간 표식을 갖추긴 했어도 성형 이전의 표범이나 소, 암퇘지 같은 동물들의 면모를 감추진 못했다. 목소리도 천차만별이었다. 손은 모두 기형이었고 몇몇 감쪽같은 사람 형태에 놀라긴 했지만 거의 전부 손가락 개수가 모자랐다. 손톱이 흉측하고 촉각이 둔감했다.

제일 무서운 동물 인간 둘을 꼽으라면 예의 표범 인간과, 하이에나와 돼지의 합성 인간이었다. 이들보다 덩치가 큰 개체들은 거룻배를 젓던 세 명의 황소 인간이었다. 그다음에는 '법을 말하는 자'인 은빛 털북숭이 인간과 엠링, 원숭이와 염소로 만든 사티로스*를 닮은 인간이 있었다. 수퇘지 인간 셋과 암퇘지 인간 하나, 암컷 무소 인간 하나, 그 외에 계통을 알 수 없는 몇몇 암컷이 있었다. 늑대 인간 약간과 곰-황소 인간 하나, 세인트버나드 개 인간이 있었다. 원숭이 인간은 이미 설명했고 유난히 혐오스럽고 악취까지 풍기는, 암여우와 곰을 합성한 늙은 암컷이 하나 있었다. 내가 처음부터 꺼린 그 암컷은 법의 열렬한 추종자라고 했다. 쪼그마한 개체들은 주로 어떤 얼룩빼기 젊은 녀석들과 예의 나무늘보 녀석이었다. 나열은 이쯤에서 그치겠다.

그들을 처음 보았을 때 나는 오싹한 공포를 느꼈다. 겉모습이 바뀌었지만 여전히 짐승이라고 절감했다. 하지만 시나브로 그들의 모습에 조금씩 익숙해졌고 아울러 그들을 대하는 몽고메리의 태도에서도 영향을 받게 되었다. 놈들과 오랫동안 함께해온 몽고메리는 그들을 평범한 인간 대하듯 했다. 그의 런던 시절은 영화로운, 돌이킬 수 없는 과거였다. 그는 한 해에 한 번쯤 모로의 중개인인 동물 상인과 거래하려고 아리카로 가곤 했다. 그 스페인 혼혈 뱃사람 마을

---

* 그리스 신화에서 주신(酒神) 디오니소스를 섬기는 반인반수의 숲의 신

에서 그는 고상한 인간과는 거의 마주치지 못했다. 배에 탄 사내들이 처음엔 기이하게만 여겨졌다고 했다. 마치 동물 인간들이 내게 기이하게 비쳤던 것처럼. 다리가 부자연스레 길고 안면이 평평하고 앞이마가 두드러지고 의심 많고 위험하고 비정한 사내들로 보였다. 사실 몽고메리는 사람을 좋아하지 않았다. 나를 따뜻하게 대하는 까닭은 그가 내 목숨을 구했기 때문이라고 그는 말했다. 이곳의 변형된 몇몇 동물들에게도 은근히 잘해주는 것 같았는데 그들의 어떤 행위에 대한 비뚤어진 동정심의 발로가 아닌가 생각했다. 하지만 그는 처음엔 그런 감정을 감추려 했다.

내가 조우한 첫 번째 동물 인간이자 몽고메리의 조수인 검은 얼굴의 엠링은 섬 맞은편 다른 족속과 같이 살지 않고 돌담 뒤편 조그만 개집에서 살았다. 이 녀석은 지능 면에선 원숭이 인간에 못 미쳤지만 유순하기 이를 데 없고 동물 인간 중에서 인간의 생김새와 제일 흡사했다. 몽고메리는 엠링을 훈련시켜 음식 준비며 잡다한 집안일을 모두 떠맡겼다. 엠링은 모로의 가공할 능력의 복합 결정체였다. 곰에다 개와 소를 혼합한 개체로, 모로가 심혈을 기울인 피조물 가운데 하나였다. 녀석은 몽고메리를 기묘한 애정과 헌신으로 대했다. 가끔 몽고메리가 놈에게 관심을 보이며 토닥거려주고 희롱조와 장난조로 호칭하면 놈은 유난히 기뻐하며 뛰놀았다. 가끔 위스키를 마신 뒤에 놈을 학대할 때도 있었다. 발로 차고 때리고 돌멩이나 성냥불을 던지곤 했다. 몽고메리가 잘해주거나 구박하거나 놈은 한결같이 그의 곁을 떠날 줄 몰랐다.

나는 동물 인간들에게 익숙해졌다. 부자연스럽고 혐오스러운 오만 가지가 급속히 자연스럽고 평범해졌다. 존재하는 모든 것들은 주위 환경의 평균 색을 띠는 모양이다. 몽고메리와 모로는 특이하고 독특한 인간들이라 인간에 대한 나의 일반적 개념을 교정해주지 못했다. 한 흉측한 솟과(科) 인간이 노 젓는 일을 마치고 덤불 속을 터벅터벅 걸어가는 모습을 보고 나는 기억을 근근이 되살려, 기계적 노동을 마치고 터덜터덜 귀가하는 영국 어느 시골 남자와 과연 무엇이 다른가를 자문했다. 여우-곰 여인의 교활하고 간사한 얼굴과 마주친 나는 그 의뭉스러운 표정이 이상하게도 사람의 표정처럼 보였다. 예전 어느 도시 골목에서 그 여자와 마주친 적이 있다는 생각까지 들었다.

종종 동물 인간들은 의심이나 거부감 없이 나를 번쩍 돌아보곤 했다. 어디로 보나 곱사등이 야만인 인간을 빼닮은 어떤 추하게 생긴 수컷이 한 움막 입구에 웅크리고 있다가 두 팔을 쭉 뻗고 하품을 하며, 보는 사람 간 떨어지게 가윗날 같은 앞니와 기병도 같은 송곳니를 번쩍 드러냈다. 칼처럼 예리하고 번득이는 이빨이었다. 어떤 소로에서 나는 흰 천을 두른 유연한 모습의 암컷 눈을 한순간 겁도 없이 쳐다보다가 불현듯 발작적인 혐오감을 느꼈다. 그 암컷이 실눈을 뜨고 제 몸을 감싼 볼품없는 천 자락을 싸쥔 굽은 손톱을 흘끗 내려다보았다. 이해할 수 없는 희한한 광경이었다. 이 괴이한 족속, 그러니까 그 암컷들이 나의 섬 체류 초기에 자신들의 역겨운 몰골을 본능으로 자각하고서 그 결과로 폭이 넓은 옷으로 몸을 가려야 한다는 품위와 예의에 인간보다도 더욱 민감한 게 아닌가 궁금해졌다.

16. 동물 인간들은 어떻게 피 맛을 알게 되었나

내가 노련한 작가가 아니다 보니 이야기가 옆길로 샜다.

같이 아침을 먹고 나서 몽고메리는 분기공과 (전날 내가 발을 잘못 담근 그 뜨거운 물) 온천의 수원을 보여주겠다면서 나를 섬 반대편으로 데리고 갔다. 우린 둘 다 채찍과 장전한 권총을 휴대했다. 우거진 밀림 속을 나아가는데 길 저편에서 토끼 한 마리가 비명을 내질렀다. 우리는 발길을 멈추고 귀 기울였다. 더는 소리가 들리지 않았다. 이윽고 우리는 발길을 옮겼고 토끼가 비명 지른 일은 우리 마음속에서 잊혔다. 몽고메리가 덤불 속을 깡충깡충 뛰어다니는 어떤 조그마한, 뒷다리가 긴 분홍빛 동물들을 가리켜 보였다. 동물 인간들의 자식을 모로가 개조한 개체들이라고 몽고메리가 설명했다. 처음엔 식용으로 쓸 생각이었지만 새끼를 잡아먹는 어미의 왕성한 식성 탓에 몽고메리는 그 목적을 포기하고 말았다. 나는 이 녀석들 중 몇

놈을 벌써 조우했다. 한 번은 달빛 속에서 표범 인간을 피해 달아날 때였고 또 한 번은 전날 모로에게 추격당할 때였다. 우연히 한 놈이 우리를 피하려다 나무가 바람에 쓰러져 뿌리째 뽑히는 통에 생겨난 구덩이 속으로 깡충 뛰어들었다. 그곳에서 빠져나오려는 놈을 우리가 어렵사리 붙잡았다. 놈은 고양이처럼 아르릉거리며 뒷발로 야멸치게 할퀴고 찼다. 그러고는 우리를 물었지만 이빨이 너무 약해 그저 따끔한 정도였다. 작고 귀여운 동물이라고 나는 생각했다. 놈은 굴을 판다고 잔디를 파헤치는 일이 결코 없으며 습성까지 깨끗하다는 몽고메리의 말에 나는 개인 정원에서 일반 토끼 대용으로 기르면 편리하겠다고 생각했다.

우리는 도중에 나무의 수피가 길게 벗겨지고 깊게 파인 것을 보았다. 몽고메리가 그것을 가리키며 말했다.

"'나무껍질을 할퀴지 않는다. 그게 법이다.' 법을 좋아하지 않는 녀석이 있군!"

그 뒤에 사티로스 인간과 원숭이 인간을 만났다. 사티로스는 모로 박사의 전형적인 흔적을 간직하고 있었다. 양의 얼굴에 조악한 유대인 같은* 표정이었다. 목소리는 서걱거리는 염소 울음이고 다리와 발은 악마의 것 같았다. 우리 쪽으로 다가오는 놈은 무슨 콩과(科) 열매 껍질을 까고 있었다. 두 녀석이 몽고메리에게 꾸벅 인사했다.

---

* 이처럼 웰스의 문장 중에 더러 나오는 여성 비하, 유대인 멸시, 인종 차별적 표현을 지적하며 비판하는 시각이 있다.

"안녕, 채찍 가진 두 번째 사람!"

"이제 채찍 가진 세 번째 사람 있다. 조심하는 게 좋아!"

몽고메리가 대답했다.

"저 사람 만들어진 사람이잖아? 만들어진 사람이라고 스스로 말했어."

원숭이 인간이 받았다.

사티로스 인간이 신기하다는 듯 나를 바라보며 말했다.

"채찍 가진 세 번째 사람, 울면서 바다로 들어갔어. 빼빼한 하얀 얼굴 가졌어."

"이 사람 빼빼한 긴 채찍도 가지고 있다."

몽고메리가 말했다.

"저 사람 어제 피 나서 울었어. 당신은 피 안 나고 울지도 않잖아. 주인님도 피 안 나고 울지 않아."

사티로스 인간이 대꾸했다.

"이 올렌돌프* 같은 놈들아! 조심하지 않으면 너희들도 피 나고 울 줄 알아."

몽고메리가 고함쳤다.

"손가락 다섯 개야. 나처럼 다섯 개짜리 사람이야."

원숭이 인간이 말했다.

"갑시다, 프렌딕."

---

* Heinrich Gottfried Ollendorff(1803~1865). 독일의 문법학자이자 언어 교육자로, 문법은 간단히 가르치고 번역을 많이 시키는 교수법을 주창했다.

몽고메리가 내 팔을 이끌었다. 나는 그를 따라갔다.

사티로스 인간과 원숭이 인간이 우리를 지켜보며 딴 얘기를 나누었다.

"저 사람 말을 안 하네. 사람들은 말을 하잖아."

사티로스 인간이 말했다.

"어제 나한테 먹을 걸 달라더라. 아무것도 모르는 사람이야" 하고는 무슨 말인가를 주고받더니 사티로스가 껄껄 웃었다.

돌아오는 길에 우리는 죽은 토끼를 우연히 발견했다. 가엾게도 작은 짐승의 몸뚱어리는 갈가리 찢어져 시뻘겠고 늑골이 허옇게 드러나고 등뼈가 또렷하게 갉혀 있었다.

그 모습에 몽고메리가 멈춰 섰다.

"맙소사!"

몽고메리는 허리를 굽혀 부서진 척추 조각을 집어 들어 자세히 살폈다.

"맙소사! 이게 어찌 된 일일까?"

"당신네 어떤 육식 동물이 옛 습성을 되찾았나 보지."

나는 잠시 사이를 두고, "이 등뼈는 제대로 씹혔는걸" 하고 말했다. 몽고메리는 그것을 쏘아보며 서 있었다. 얼굴이 하얘지고 입술이 일그러졌다.

"기분이 나쁜데."

나는 천천히 말했다.

"이 같은 것을 봤소. 내가 여기에 온 첫날에."

"빌어먹을, 그랬군! 뭐였소?"

"토끼 한 마리의 머리가 비틀려 떼어져 있었소."

"당신이 여기에 온 날 말이오?"

"내가 여기에 온 날 저녁에 밖으로 나갔는데 돌담 뒤편 덤불 속에 토끼 머리가 완전히 떼어져 있었소."

몽고메리가 길고 낮은 휘파람을 불었다.

"게다가 나는 어떤 놈이 그랬는지 알 것 같소. 단지 추측일 뿐이오. 토끼 사체를 발견하기 전에 당신네 괴물 하나가 개울에서 물을 마시고 있었소."

"물을 핥아먹었소?"

"그렇소."

"'물을 핥아먹지 않는다. 그게 법이다.' 법을 좋아하지 않는 놈이 있군! 모로는 신경도 안 쓰지만!"

"나를 쫓은 놈도 그놈이오."

"그렇겠지. 딱 육식 동물 습성이오. 죽이고 나서 물을 먹는다. 피 맛을 안 거요. 어떻게 생긴 놈이었소? 다시 보면 알겠소?"

몽고메리는 토끼의 널브러진 사체를 가랑이 사이에 두고 서서 주위를 살폈다. 초목 그림자와 장막, 그리고 우리를 둘러싼 숲속 숨기 좋은 곳과 은밀한 곳을 두리번거렸다.

"피 맛을 알았어" 하고 되뇌었다.

그는 권총을 꺼내어 탄창을 확인하고는 축 늘어진 입술을 끌어올렸다.

"다시 보면 알 것 같소. 놈을 기겁시켰소. 놈의 이마에 번듯한 타박상이 있을 거요."

"찾아내더라도 놈이 토끼를 죽였다는 걸 입증해야 하오. 토끼를 이곳에 데려오지 말아야 했는데."

나는 길을 가고 싶었지만 몽고메리는 거기 붙박여서 난자당한 토끼를 어리둥절한 표정으로 생각하고 있었다. 나는 토끼의 잔해가 보이지 않는 지점에까지 가서 "갑시다!" 하고 외쳤다.

이윽고 몽고메리가 정신을 차리고 나에게 다가와서 목소리를 낮췄다.

"땅 위의 발 달린 것들을 먹지 말아야 한다는 고착관념을 놈들이 모두 가지고 있다고 알았는데. 어떤 놈이 어쩌다가 피 맛을 알았다면……."

우리는 잠시 말없이 걸었다.

"어떤 일이 벌어질지 걱정이오."

몽고메리는 혼잣말했다. 잠시 침묵이 이어졌다.

"일전에 내가 멍청한 짓을 했소. 내 조수 있잖소……. 그 녀석한테 내가 토끼 가죽을 벗기고 요리하는 법을 가르쳐줬더니 녀석이 제 손을 핥았소. 희한하지, 왜 그 생각을 진작 못 했을까."

사이를 두고 말을 이었다.

"이 일을 당장 중단시켜야 하오. 모로에게 말해야겠소."

몽고메리는 귀갓길 내내 그 생각에 빠져 있었다.

모로는 이 문제를 몽고메리보다 더욱 심각하게 받아들였다. 그들의 악연실색에 나도 충격을 받았음은 물론이다. 모로가 말했다.

"본보기를 보여야 해. 내가 볼 땐 표범 인간이 범인이 틀림없어. 하지만 어떻게 입증하지? 몽고메리, 자네가 육식 욕구를 조금만 참

아줬더라면 이번 같은 자극적인 일은 일어나지 않았을 텐데. 이미 우리는 위험에 빠진 건지도 몰라."

"제가 멍청했습니다. 하지만 이미 벌어진 일입니다. 제가 단속해야 했는데."

몽고메리가 말했다.

"당장 가서 알아보세. 무슨 일이 생길 경우 엠링이 제 한 몸 지킬 수 있을까?"

"확신 못 하겠습니다. 저도 엠링을 잘 모르겠습니다."

그날 오후 모로와 몽고메리, 나, 그리고 엠링은 섬 맞은편 바윗골 움막으로 찾아갔다. 우리 세 사람은 무장했고 엠링은 장작 패는 데 쓰는 작은 손도끼와 철사 몇 사리를 가져갔다. 모로는 소치기의 커다란 뿔나팔을 어깨에 걸어멨다.

"동물 인간들의 집회를 보게 될 거요. 볼만한 광경이지!"

몽고메리가 말했다.

모로는 도중에 한마디도 안 했다. 박사의 음울하고 허연 얼굴은 무섭게 굳어 있었다.

우리는 협곡을 건너 김이 오르는 온천 개울을 따라 내려갔다. 그러고 등숲 사이 굽잇길을 지나 넓은 지대에 이르렀다. 유황으로 보이는 노란 가루 물질이 두껍게 내려앉은 곳이었다. 잡초가 무성한 등성이 너머로 바다가 반짝였다. 야트막한 천연 원형 극장 같은 곳으로 나오자 우리 넷은 멈춰 섰다. 모로가 뿔나팔을 불어 열대 오후의 나른한 정적을 깨뜨렸다. 박사는 폐가 튼튼한 모양이었다. 부앙부앙하는 소리가 메아리에 섞여 점점 높아지더니 이윽고 귀가 따가

울 지경에 이르렀다.

"아아!" 하고 모로가 그 굽은 물건을 자기 옆구리에 도로 내려놓았다.

그 즉시 노란 등숲에서 우르르 소리가 났다. 내가 전날 내달렸던 저습지와 이웃한 우거진 초록 밀림에서는 목소리도 들려왔다. 곧 유황 지대 언저리 서너 군데에 동물 인간들의 괴기스러운 모습이 나타나서 우리 쪽으로 허둥지둥 왔다. 나는 오싹한 공포를 느꼈다. 나무숲과 갈대숲에서 한 놈, 두 놈 나타나서 뒤뚱뒤뚱 뜨거운 가루 지대를 건너왔다. 하지만 모로와 몽고메리는 차분히 서 있었다. 나는 하릴없이 그들 곁에 붙어 있었다.

제일 먼저 도착한 것은 사티로스였다. 놈이 그림자를 드리우고 발굽으로 가루 먼지를 차올리는 그 모습이 기이하게도 비현실적이었다. 그다음에 갈대밭에서 시골뜨기 괴물이 나타났다. 말과 무소 합성 인간으로, 짚 한 오라기를 씹으며 왔다. 그리고 돼지 여인과 두 늑대 여인, 그리고 뾰족한 붉은 얼굴에 빨간 눈을 한 여우-곰 노파, 이어 다른 이들이 나타났다. 모두들 열심히 서둘렀다. 앞으로 다가들면서 모로를 향해 굽실거리며 대중없이 '법'의 노래 후반부 일부를 암송하기 시작했다.

"그분의 손은 상처를 주는 손이요. 그분의 손은 낫게 하는 손이요" 등등.

30미터쯤 되는 지점에 이르자 그들은 걸음을 멈추고, 무릎 꿇고 팔꿈치를 땅에 대고 하얀 가루를 자기들 머리에 끼얹기 시작했다.

이 광경을 상상이나 할 수 있겠는가! 이글거리는 푸른 하늘 아래 반짝이는 노란 가루의 넓은 개활지에 선, 푸른 옷을 입은 우리 세 사람과 기형의 검은 얼굴 조수는 굽실거리며 몸짓하는 괴물들 무리에 둘러싸여 있었다. 몇몇은 미묘한 표정과 몸짓을 제외하면 인간이나 다름없었고 일부는 병신과 마찬가지였고 일부는 우리들의 개꿈에나 등장할 법한 인물처럼 몹시 기이하게 뒤틀려 있었다. 게다가 갈대 등숲이 한쪽을 막고 빽빽한 종려나무 숲이 반대쪽을 막아서 우리는 움막들이 있는 바윗골에서 격리되어 있었다. 북쪽에는 태평양의 흐릿한 수평선이 있었다.

"62, 63. 넷이 모자라는군."

모로가 숫자를 셌다.

"표범 인간이 안 보입니다."

내가 말했다.

잠시 뒤에 모로는 큼직한 뿔피리를 다시 불었다. 그 소리에 동물 인간들은 모두 가루 먼지 속에서 몸부림치며 고개를 조아렸다. 그때 등숲에서 슬그머니 나타나 고개를 땅에 처박듯이 숙이고, 모로 등 뒤의 먼짓가루 끼얹는 무리에 끼어들려는 자는 표범 인간이었다. 마지막으로 도착한 동물 인간은 자그마한 원숭이 인간이었다. 굽실거리느라 덥고 지친, 먼저 도착한 동물들은 악의 서린 시선으로 녀석을 쏘아보았다.

"멈춰라!"

모로가 단호한 큰 목소리로 외치자 동물 인간들은 쪼그리고 앉아 숭배를 쉬었다.

"법을 말하는 자는 어디 있는가?"

모로가 외치자 회색 털북숭이 괴물이 먼짓가루에 고개를 처박았다.

"법을 말하라!"

모로가 명령했다.

즉시 무릎 꿇은 무리가 전부 좌우로 몸을 흔들며 손으로 유황 가루를 끼얹었다. 먼저 오른손으로 가루 한 움큼, 그리고 왼손으로 한 움큼. 그러면서 예의 이상한 찬송을 다시 부르기 시작했다. "물고기나 고기를 먹지 않는다. 그게 법이다"에 이르자 모로가 여윈 흰 손을 쳐들었다.

"멈춰라!"

외치자 동물 인간들 사이에 절대 침묵이 감돌았다.

그들은 모두 닥칠 일을 알고서 두려워하는 듯했다. 나는 그들의 이상한 얼굴을 휘둘러보았다. 그들의 움찔하는 자세며 밝은 눈에 깃든 은밀한 공포를 본 나는 그들을 인간으로 여긴 내 믿음이 의심스러웠다.

"법이 깨졌다!"

모로가 소리쳤다.

"벌을 받는다."

은빛 털에 얼굴을 가린 녀석이 선창하자 무릎 꿇은 동물 인간들이 "벌을 받는다" 하고 따라 했다.

"누구냐?"

모로가 채찍을 찍 휘두르며 그들의 얼굴을 둘러보았다. 하이에나-돼지 인간이 움찔하고 표범 인간도 그러는 것 같았다. 모로는 표범 인간에 시선을 멈추었다. 놈은 궁극한 고통의 기억과 공포를 떠올리는 낯빛으로 모로를 향해 넙죽거렸다.

"누구냐?"

모로가 뇌성 같은 목소리로 되풀이했다.

"법을 어기는 자는 악하다."

법을 말하는 자가 암송했다.

모로는 영혼을 빨아들이는 듯한 눈초리로 표범 인간의 눈을 들여다보았다.

"법을 어기는 자는……."

모로는 용의자에게서 눈을 떼며 우리 쪽을 돌아보았다. 박사의 목소리에 어떤 환희감이 젖어든 듯 들렸다.

"고통의 집으로 보낸다."

모두들 소란스레 외쳤다.

"고통의 집으로 보낸다. 아아, 주인님!"

"고통의 집으로 보낸다……. 고통의 집으로 보낸다."

원숭이 인간이 좋은 생각이라도 된다는 듯 지껄여댔다.

"알겠나? 친구, 이봐!" 하면서 모로가 범인에게로 몸을 되돌렸다.

모로의 시선에서 풀려났을 때 곧장 무릎을 펴고 일어난 자세였던 표범 인간은 이제 눈을 이글거리며, 비틀린 윗입술 밑에 큼지막한 고양잇과 엄니를 번득이며 자신을 괴롭히는 사람에게 달려들었다. 견딜 수 없는 공포에 미쳐 놈이 먼저 공격하고 말았다. 우리를 둘러싼 60여 괴물 무리 전체가 일어났다. 나는 권총을 꺼냈다. 두 몸뚱어리가 맞붙었다. 표범 인간의 주먹질에 모로가 휘청 물러났다. 격렬한 고함과 포효가 우리를 휩쓸었다. 모든 이들이 잽싸게 움직였다. 순간 나는 전면적 반란이 일어났다고 생각했다. 표범 인간의 격노한 얼굴이 내 옆을 휙 지나갔다. 엠링이 놈을 바싹 따라붙었다. 하이에나-돼지 인간의 노란 눈이 흥분으로 반짝였다. 놈은 나를 금방이라도 공격할 자세를 취하고 있었다. 사티로스도 하이에나-돼지 인간의 굽은 어깨 너머로 나를 쏘아보았다. 모로의 권총 발사 소리를 듣고 고개를 돌리니 빨간 불꽃이 군중을 가르고 있었다. 군중 전체가 번쩍이는 불꽃 쪽으로 휙 몸을 돌리는 듯 보였다. 나도 군중 심리에 휙 몸을 돌렸다. 다음 순간 나는 달리고 있었다. 법석 떨며 소리치는 한 무리의 일원으로서, 달아나는 표범 인간을 뒤쫓았다.

확실하게 말할 수 있는 건 이게 전부다. 표범 인간이 모로를 가격하고 나자 주위 모든 게 혼란스러웠다. 그러고 나는 마구 달렸다. 엠링이 앞서 도망자를 쫓았다. 내 뒤로는 혀를 늘어뜨린 채 늑대 여인이 훌쩍훌쩍 뛰어 달렸다. 돼지 인간들이 흥분으로 꿀꿀거리며 그 뒤를 이었다. 두 황소 인간이 흰옷을 펄럭이며 내달렸다. 그 뒤로 모로가 동물 인간들과 무리 지어 왔다. 챙 넓은 밀짚모자는 바람에 날려갔고 권총을 손에 쥐고 긴 백발을 휘날리고 있었다. 하이에나-돼지 인간은 내 옆에서 보조를 맞추어 달리면서 고양잇과 눈으로 나를 곁눈질했다. 다른 이들은 우리 뒤에서 소리치며 후다닥 왔다.

표범 인간이 키 큰 갈대숲으로 뛰어들었다. 그 바람에 휘어진 갈대가 반동으로 엠링의 얼굴을 철썩 때렸다. 뒤쪽에 있던 우리가 갈대숲에 이르렀을 때는 놈이 짓밟고 지나간 길이 보였다. 갈대숲을 400미터쯤 나아가며 추격하다가 빽빽한 덤불로 들어갔다. 무리 지어 함께 나아갔지만 덤불이 우리의 진로를 심하게 방해했다. 엽상체가 얼굴을 때렸고 끈적끈적한 넝쿨이 목을 휘감고 발목을 잡아챘다. 가시 식물이 파고들어 옷과 살을 동시에 찢었다.

"놈은 이리로 네발로 갔어."

모로가 내 바로 앞에서 숨을 몰아쉬었다.

"벌을 받는다."

늑대-곰 인간이 사냥의 기쁨에 들떠 나를 보고 컹컹 웃었다. 우리가 느닷없이 바위 지대와 맞닥뜨리자 저 앞에서 사냥감이 네발로 날렵하게 뛰며 어깨 너머로 우리를 돌아보고 으르렁거렸다. 이에 늑대 인간이 기뻐하며 우우 부르짖었다. 여태 옷을 입고 있는 도망자의 얼굴은 멀리서 보니 인간의 얼굴로 보였지만 사지의 동작은 고양잇과였으며 어깨를 슬그머니 늘어뜨린 모습은 영락없이 쫓기는 동물의 형상이었다. 놈은 어떤 노란 꽃 가시덤불을 훌쩍 뛰어넘더니 사라졌다. 엠링이 바위 지대를 반쯤 가로지르고 있었다.

우리 대부분은 이제 처음의 추격 속도를 지속할 수 없어서 속도를 늦추고 보폭을 넓혔다. 그 트인 곳을 가로지르면서 우리의 추격 대형은 이제 종대에서 횡대로 퍼지고 있었다. 여전히 내 곁에서 달리는 하이에나-돼지 인간은 나를 할금거리며 이따금 크렁크렁 웃느라 주둥이를 오므렸다. 바위 지대가 끝나는 지점에서 표범 인간은 자신이 (섬에서의 첫날밤 나를 미행했던) 돌출한 곳으로 향하고 있는 걸 깨달았는지 덤불 속으로 들어가서는 갑자기 방향을 꺾었다. 몽고메리가 그 술책을 간파하고 다시 따라붙었다. 나는 헉헉대며 바위에 넘어지고 부딪히고 찔레 덤불 가시에 찢기고 양치류와 갈대에 방해받으면서도 법을 어긴 표범 인간 추격에 참여했다. 하이에나-돼지 인간이 사납게 컹컹 웃으며 내 옆에서 달리고 있었다. 나는 비틀거렸다. 머리가 어질어질하고 심장이 갈빗대를 쿵쾅 때리고 극도로 피곤했다. 그래도 나는 내 옆의 무시무시한 동행과 홀로 남는 상황을 피하기 위해 추격 일행을 놓치지 않으려고 안간힘을 썼다. 끝없는 피로와 열대 오후의 농밀한 열기에 맞서 싸우며 나는 비트적거렸다.

마침내 추격 기세가 한풀 누그러졌다. 가련한 사냥감을 섬 구석으로 몰아놓은 것이다. 모로는 채찍을 들고 우리 모두가 비뚤배뚤한 줄이나마 대충 맞추도록 했다. 우리는 천천히 전진했다. 전진하면서 서로에게 소리 지르며 포위망을 좁혀갔다. 놈은 덤불 속에 숨죽이고 숨어 있었다. 첫날밤 내가 놈에게 쫓겨 달아나던 그 덤불이었다.

"천천히! 천천히!"

모로가 외쳤다. 포위망 양 끝이 우거진 덤불을 슬금슬금 에워싸서 놈을 가두었다.

"튀어나올지도 모르니 조심!"

몽고메리의 목소리가 덤불 너머에서 났다.

나는 덤불 위쪽 비탈에 있었다. 몽고메리와 모로는 그 아래 바닷가를 따라 나아갔다. 우리는 어지러운 가지와 잎사귀의 망상(網狀)을 헤치며 천천히 나아갔다. 목표물은 조용했다.

"고통의 집으로 보낸다. 고통의 집으로, 고통의 집으로!"

20미터쯤 오른쪽에서 원숭이 인간의 깩깩거리는 목소리가 들려왔다.

그걸 들으면서 나는 일전에 내게 공포감을 불러일으킨 그 불쌍한 범인을 용서했다. 잔가지가 툭 꺾이고 큰 가지가 철썩하더니 오른편에서 말-무소 인간의 무거운 발걸음이 나타났다. 그때 나는 다각형 녹음 사이 울창한 초목 밑 어둑어둑한 곳에 있는, 우리가 쫓는 녀석을 목격했다. 나는 걸음을 멈추었다. 최대한 몸의 부피를 줄여 웅크리고 있는 놈의 반짝이는 초록 눈이 어깨 너머로 나를 돌아보았다.

그때 내 안의 야릇한 모순을 어떻게 설명하면 좋을는지 모르겠다. 완벽한 동물의 자세를 취하고서 눈빛을 번쩍이며 공포에 뒤틀린 그 불완전한 인간 얼굴을 보면서 나는 녀석이 인간과 다를 바 없음을 새삼 깨달았다. 잠시 뒤 다른 추격자들이 놈을 발견하면 놈은 제압되고 생포되어서 돌담에서의 무서운 고문을 다시 한번 겪을 터였다. 나는 문득 권총을 꺼내 공포에 질린 녀석의 두 눈 사이를 조준해 발사했다. 내가 발사하자 하이에나-돼지 인간이 놈을 보고 맹렬히 울부짖으며 몸을 날렸다. 놈을 덮쳐 굶주린 이빨을 목덜미에 박아 넣었다. 사방팔방의 녹색 덤불 군락을 들썩이고 툭탁거리며 동물 인간들이 몰려왔다. 한 놈 두 놈 나타났다.

"죽이지 마시오, 프렌딕!"

모로가 외쳤다.

"죽이지 마시오!"

키 큰 양치류 잎사귀 아래를 헤쳐 모로가 상체를 수그리고 나왔다.

뒤이어 박사는 채찍으로 두들겨 패 하이에나-돼지 인간을 물리쳤다. 박사와 몽고메리는 흥분한 육식성 동물 인간들이, 특히 엠링이 아직 경련하는 몸뚱이에 접근하지 못하도록 했다. 회색 털북숭이가 내 겨드랑이를 파고들며 사체를 향해 코를 킁킁거렸다. 다른 동물들은 동물 특유의 열정으로 가까이 가서 보려고 나를 밀쳤다.

"빌어먹을, 프렌딕! 생포할 참이었는데."

모로의 말에 나는 "미안합니다" 하고 말했지만 사실은 미안하지 않았다.

"충동을 못 이기고 그만."

피로와 흥분으로 속이 울렁거린 나는 돌아서서 군집한 동물 인간들 사이를 비집고 나와 곶의 높은 곳을 향해 비탈을 혼자 올랐다. 고함치는 모로의 지휘하에 흰 천 걸친 황소 인간 셋이 희생자를 물가 쪽으로 끌어내리는 소리가 들렸다.

혼자인 나를 방해하는 것은 없었다. 동물 인간들은 표범 인간 사체에 꽤 인간다운 호기심을 드러냈다. 황소 인간들이 해변으로 끌어내리는 그 사체 뒤를 무리 지어 따라가며 킁킁거리고 으르렁댔다. 나는 곶으로 가서 황소 인간들을 지켜보았다. 무거운 사체를 바닷가로 나르는 그들이 저녁 하늘을 배경으로 거무스름했다. 이 섬에 사는 것들의 형언할 수 없는 덧없음이 파도처럼 내 가슴에 밀려왔다. 저 아래 암석 바닷가에 원숭이 인간과 하이에나-돼지 인간을 비롯한 여타 동물 인간들이 몽고메리와 모로 근처에 몰려 있었다. 아직 흥분이 가라앉지 않은 녀석들은 법에 대한 과도한 충성심을 시끄럽게 표현하고 있었다. 그럼에도 나는 하이에나-돼지 인간이 토끼 살해에 관여했다는 확신을 버리지 못했다. 기묘한 생각 하나가 들었다. 비록 혈통은 형편없고 생긴 꼴은 괴기스럽지만 어떻게 보면 인간사 전체 과정의 축소판이 내 눈앞에서 펼쳐지고 있는 셈이었다. 본능과 이성과 운명이 가장 단순한 형태로 완전히 교차하고 있었다. 불쌍한 짐승!

불쌍한 짐승들! 잔인한 모로의 나쁜 면이 보이기 시작했다. 모로의 손을 거친 뒤에도 이 불쌍한 희생물들에게 고통과 불행이 또 찾아갈 거라곤 생각 못 했다. 돌담 안에서 실제 고문이 행해지던 순간에만 나는 몸서리쳤다. 전에 그들은 짐승이었고 환경에 본능을 맞추면서 하나의 생명으로서 나름대로 행복했으리라. 그런데 지금은 인간성이란 족쇄에 묶여 몸부림친다. 결코 사그라들지 않는 두려움 속에 산다. 무슨 뜻인지도 모르는 법 때문에 불안해한다. 고통으로 시작된 그들 가짜 인간으로서의 삶은 하나의 긴 내적 몸부림이자 모로에 대한 기나긴 공포일 뿐이다. 무엇을 위해? 나는 두서없이 생각하며 흥분했다.

모로에게 분명한 목적이 있었다면 나는 그를 조금이나마 동정했으리라. 내가 그렇다고 고통에 특별히 예민한 사람은 아니다. 차라리 동물을 증오해서 그러는 거라면 일부나마 용서가 됐으리라. 하지만 박사는 너무 무책임하고 극도로 무심했다! 박사는 호기심에 미쳐 맹목적인 연구에 빠졌고, 동물 인간들은 1, 2년짜리 삶에 내던져져 버둥거리고 어물쩍거리고 아파하다가 결국 고통스럽게 죽는다. 원래부터 딱한 녀석들이다. 옛 동물적 악의가 상호 충돌을 부추긴다. 법이 그들의 타고난 악의를 억눌러 짧고 굵은 투쟁과 결연한 최후를 방해한다.

그날 이후로 동물 인간에 대한 두려움은 모로 개인에 대한 두려움으로 바뀌어갔다. 음울한 기분에 깊이 지속적으로 빠져들었고 내 마음에 영구한 상처를 남긴 두려움에 무심해졌다. 이 섬의 고통스러운 혼돈을 모르는 체하는 이 세상의 이성에 신뢰를 잃었다고 고백하지 않을 수 없다. 어떤 맹목적인 숙명이, 어떤 한없이 비정한 메커니즘이 존재의 양상을 칼질하고 빚는 것 같았다. 나와 연구에 미친 모로와 술에 미친 몽고메리와 본능과 정신적 족쇄에 묶인 동물 인간들은 멈춤 없는 숙명의 수레바퀴의 무한한 복잡성에 치여 무자비하게, 어김없이 찢기고 짓이겨졌다. 하지만 그 모든 일이 한꺼번에 일어난 건 아니니다. 이제 그것을 말할 때가 된 것 같다.

17. 참화

6주가 갓 지났을까, 나는 모로의 악명 높은 실험에 혐오와 염증을 느낄 뿐 다른 모든 감정은 메말라 있었다. 어떻게 하면 이 조물주 이미지의 끔찍한 축소판에서 벗어나 건전하고 즐거운 인간 세상으로 복귀할 수 있을까 하는 생각뿐이었다. 멀리 떨어져 있는 동포들을 새삼 소박하고 아름답게 회상하기 시작했다. 몽고메리와의 초기 우정은 더는 진전되지 않았다. (몽고메리의) 인간 사회와의 오랜 격리 생활, 술에 절어 지내는 악취미, 동물 인간에 대한 노골적인 동정심에 나는 그가 꺼려졌다. 동물 인간들과 어울리는 그를 여러 번 혼자 내버려두었다. 나 자신은 녀석들과 섞이는 걸 극구 기피했다. 나날이 많은 시간을 바닷가에서 보내면서 나를 해방해줄 배를 기다렸지만 부질없었다. 그러던 어느 날 섬뜩한 재앙이 우리를 덮쳤다. 내 이상한 주변 환경을 송두리째 바꾸어버린 사건이었다.

내가 이곳에 온 지 7, 8주쯤 되었을 때 그 참사가 터졌다(당시 나는 날짜를 계산하지 않았다). 이른 아침, 그러니까 6시경에 발생한 일이었다. 동물 인간 셋이 돌담 안으로 나무를 나르는 소란에 나는 잠에서 깨어 일찌감치 아침을 먹었다.

식사 후에 나는 돌담의 열린 정문으로 가서 담배를 한 대 피우며 이른 아침의 상쾌함을 즐겼다. 얼마 지나지 않아 모로가 울담 모퉁이를 돌아와 나에게 인사했다. 박사는 나를 지나쳤고, 나는 박사가 자물쇠를 풀고 연구실로 들어가는 소리를 등 뒤로 들었다. 그곳의 끔찍함에는 꽤 둔감해져 있던 때라 나는 희생양 퓨마가 또 하루치의 고문을 받기 시작하는 소리를 아무런 감정 동요 없이 들었다. 놈이 학대자를 맞이하며 내지르는 비명은 사나운 여자가 악쓰는 소리와 비슷했다.

그러다 문득 무슨 일이 일어났다. 무슨 일인지는 오늘날까지도 모르겠다. 내 뒤에서 짧은 비명이 들리고 무언가가 넘어지는 소리에 고개를 돌려 보니 소름 끼치는 얼굴 하나가 내게로 달려들었다. 사람도 아니고 동물도 아닌, 지옥에서 튀어나온 듯한 갈색 얼굴에 벌건 상처가 가지처럼 내뻗은 데서 붉은 방울이 새어 나오고 눈썹 없는 눈이 번쩍였다. 놈이 가격하자 나는 한 팔을 쳐들어 막으려 했지만 팔뚝이 부러지며 나동그라지고 말았다. 그 대단한 괴물은 몸에 두른 린트 천과 붉게 물든 붕대를 휘날리며 나를 훌쩍 뛰어넘어 달려갔다. 나는 해변으로 구르고 또 구르면서 일어나 앉으려 했지만 부러진 팔로 짚는 바람에 다시 쓰러졌다. 그때 모로가 나타났다. 큼직한 하얀 얼굴이 그 이마에서 듣는 핏방울과 대조되어 더욱 끔찍하기만 했다. 한 손에 권총을 든 박사는 나를 본체만체 곧장 퓨마를 뒤쫓아 달렸다.

나는 다른 팔을 써서 일어나 앉았다. 저 앞에 천을 감은 형체가 해변을 따라 훌쩍훌쩍 뛰어가고 모로가 그 암컷을 뒤따랐다. 퓨마는 고갤 돌려 박사를 보더니 몸을 홱 틀어 덤불로 향했다. 훌쩍훌쩍 뛸 때마다 박사와의 거리를 벌려놓았다. 퓨마가 덤불로 뛰어들자 놈을 잡으려고 비스듬히 달리던 박사가 총을 쏘아 빗맞혔고 퓨마가 사라졌다. 박사도 곧 짙은 녹음 속으로 사라졌다. 그들이 사라진 곳을 지켜보는데 팔이 욱신거렸다. 나는 신음을 흘리며 비틀비틀 일어섰다. 몽고메리가 문간에 나타났다. 옷을 차려입었고 권총을 들고 있었다.

"맙소사, 프렌딕!"

내가 다친 줄도 모르고 몽고메리가 소리쳤다.

"그놈이 달아났소! 벽에서 족쇄를 뜯어냈소! 그들을 못 봤소?" 하다가 내가 팔을 받쳐 든 모습을 보더니 외쳤다.

"무슨 일이오?"

"문간에 서 있다가 그만."

그가 다가와서 내 팔을 잡았다.

"소매에 피가" 하고서 플란넬 소매를 걷어 올렸다. 무기를 호주머니에 넣고 내 팔을 아프게 잡고서 나를 안으로 이끌었다.

"팔이 부러졌소. 무슨 일인지 자세히 말해주시오. 무슨 일이오?"

내가 본 것을 그에게 말했다. 띄엄띄엄 말하면서 고통의 신음을 사이사이 끼워 넣었다. 그동안 그는 솜씨 좋고 민첩하게 내 팔을 동여맸다. 그 팔을 멜빵 붕대로 어깨에 걸쳐주고는 뒤로 물러서서 나를 바라보았다.

"그만하면 됐소. 이제 어쩐다?"

몽고메리는 생각에 잠겼다. 그러다가 나가더니 돌담 정문을 잠그고는 한동안 돌아오지 않았다.

나는 팔이 걱정스러웠다. 사건 자체는 많고 많은 끔찍한 일들 중 하나에 불과했다. 나는 갑판 의자에 앉아 이 섬을 진심으로 저주했다. 다친 팔의 무지근한 느낌이 욱신거리는 아픔으로 바뀌고 나서야 몽고메리가 다시 나타났다. 얼굴이 좀 허옇고 어느 때보다 아랫잇몸을 많이 드러내고 있었다.

"박사가 보이지도 들리지도 않소. 박사한테 내 도움이 필요할 텐데" 하고 몽고메리는 무표정한 눈으로 나를 쳐다보았다.

"놈은 힘센 짐승이오. 간단히 벽에서 족쇄를 뜯어냈소" 하고는 창가로 갔다가 문으로 갔다가 나를 향해 돌아섰다.

"박사를 찾아봐야겠소. 권총 한 자루를 당신한테 남겨주겠소. 솔직히 말하면 좀 불안해요."

몽고메리는 무기를 꺼내서 내가 집을 수 있게 탁자 위에 놓았다. 그러곤 불안한 공기를 흩뿌려놓은 채 나가버렸다. 그가 나가고 나서 오래지 않아 나는 그 권총을 집어들고 문간으로 갔다.

아침은 죽음처럼 고요했다. 바람 한 점 없었고 바다는 광택 나는 유리 같았고 하늘은 공활했고 해변은 적막했다. 좀 흥분한 데다 열병 기미까지 겹쳐 나는 그 적막함에 우울해졌다. 휘파람을 불어보았지만 맥없는 가락이었다. 나는 그날 아침 두 번째로 저주했다. 그러곤 돌담 모퉁이로 가서 모로와 몽고메리를 집어삼킨 내륙의 초록 수풀을 응시했다. 그들은 언제, 어떻게 돌아올 것인가? 해변 저 위쪽에서 어떤 작은 회색 동물 인간이 나타나서 물가로 달려 내려가서 철퍼덕거렸다. 나는 문간으로 어슬렁 돌아갔다가 모퉁이로 되돌아왔다. 근무 중인 파수꾼처럼 그렇게 왔다 갔다 했다. 몽고메리가 "모로 박사님!" 하고 외치는 소리가 아득하게 들려왔다. 팔의 아픔은 좀 가셨지만 몹시 더웠다. 신열이 나고 목이 말랐다. 내 그림자가 짧아졌다. 저 멀리 물가의 그놈이 떠날 때까지 지켜보았다. 모로와 몽고메리는 돌아오지 않는 걸까? 바닷새 세 마리가 떠밀려온 먹잇감을 놓고 다투고 있었다.

돌담 뒤편 멀리서 총성이 났다. 긴 사이를 두고 다시 총성이 들렸다. 그러고 어떤 울부짖는 소리가 좀 가까이서 들렸고 다시 음산한 침묵이 이어졌다. 불길한 상상이 나를 괴롭혔다. 돌연 근처에서 총소리가 났다. 나는 모퉁이로 갔다가 깜짝 놀라며 몽고메리를 보았다. 벌건 얼굴에 헝클어진 머리에 바지 무릎 부분이 찢겨 있었다. 몹시 경악한 표정이었다. 그 뒤에 꾸부정하게 선 것은 동물 인간 엠링이었다. 엠링의 입가엔 기이한 검붉은 자국이 묻어 있었다.

"안 왔소?"

몽고메리가 물었다.

"박사 말이오? 안 왔소."

"맙소사!"

어깻숨을 몰아쉬는 게 꼭 흐느끼는 것 같았다.

"들어갑시다" 하고 내 팔을 잡았다.

"놈들이 미쳤소. 다들 미쳐 날뛰고 있소. 무슨 일이 있었는진 나도 모르겠소. 숨 좀 돌리고 얘기해주겠소. 브랜디는 어딨소?"

몽고메리는 절뚝이며 앞장서 방으로 들어가서 갑판 의자에 앉았다. 엠링은 문간 바로 밖에 풀썩 주저앉아 개처럼 할딱거렸다. 나는 몽고메리에게 브랜디와 물을 가져다주었다. 그는 숨을 가누며 멍하니 앞만 바라보았다. 무슨 일이 벌어졌는지 몇 분 뒤에 나에게 말해주었다.

몽고메리는 그들의 흔적을 용케 따라갔다. 짓밟히고 부러진 수풀과 퓨마의 붕대에서 떨어져 나온 흰 천 조각, 관목과 덤불 잎사귀에 가끔 묻어 있는 핏자국 덕분에 처음엔 추적이 쉬웠다. 하지만 물을 마시는 동물 인간을 내가 봤던 개울 건너 암석 지대에서 자취를 놓치고 나서부터는 모로의 이름을 외쳐 부르며 서쪽으로 정처 없이 헤맸다. 그때 엠링이 손도끼를 들고 나타났다. 엠링은 퓨마의 그림자도 보지 못했는데 나무를 베다가 몽고메리의 외침을 듣고 온 것이었다. 둘은 함께 움직이며 외쳐 불렀다. 두 동물 인간이 몸을 오그라뜨리고 덤불 사이로 몽고메리 일행을 엿보고 있었다. 녀석들의 몸짓과 거동이 이상하고 수상쩍어 몽고메리는 적이 놀랐다. 그들을 외쳐 부르자 놈들은 죄지은 듯 달아났다. 그 뒤로 몽고메리는 소리지르지 않고 한동안 무작정 헤매고 난 뒤에 바윗골 움막을 찾아가기로 결정했다.

바윗골은 비어 있었다.

시시각각 두근거리는 불안감에 몽고메리는 길을 되밟아갔다. 그러던 중에 첫날 밤에 춤을 추던 것을 내가 본 돼지 인간 둘과 마주쳤다. 입가에 피가 묻어 있고 몹시 흥분한 상태였다. 양치류를 짓이기며 달려오던 놈들은 몽고메리를 보더니 사나운 얼굴로 멈추어 섰다. 몽고메리가 어쩔 줄 몰라 채찍을 휘두르자 놈들이 대번 그에게 달려들었다. 동물 인간이 그런 적은 일찍이 없었다. 몽고메리가 한 놈의 머리통에 총알을 박아 넣자 엠링이 다른 놈을 덮쳐 둘이 나뒹굴었다. 엠링이 놈을 제압해 목덜미에 이빨을 찍어 넣었고 엠링에게 붙잡혀 버둥거리는 놈을 몽고메리가 쏘았다. 그만 가자고 가까스로 설득해 몽고메리는 엠링을 데리고 귀가를 서둘렀다. 도중에 엠링이 갑자기 덤불로 뛰어들더니 자그마한 스라소니 인간을 몰아왔다. 역시 피가 묻어 있었고 발 한쪽에 상처를 입어 절뚝거리는 놈이었다. 이 짐승은 조금 내빼다가 궁지에 몰리자 사납게 돌아섰다. 몽고메리가 사정없이 놈을 쏘았다.

"이게 다 어찌 된 일이오?"

내가 묻자 몽고메리는 고개를 내저으며 다시 브랜디에 손을 댔다.

18. 모로를 발견하다

몽고메리가 세 모금째 브랜디를 들이켜자 나는 그것을 빼앗았다. 그는 벌써 어지간히 취해 있었다. 지금까지 돌아오지 않는 것을 보니 박사한테 무슨 심각한 일이 벌어진 게 틀림없다, 그러니 어떤 참사가 벌어졌는지 우리가 알아보는 게 마땅하다고 나는 말했다. 몽고메리는 약하게 반대하다가 결국 찬성했다. 우리는 음식을 좀 챙겨서 셋 모두 길을 나섰다.

당시 내가 긴장해서 그렇겠지만 열대 오후의 뜨거운 정적 속으로 나서던 장면이 지금도 유난히 생생하다. 꾸부정한 어깨에 기묘한 검은 머리를 한 엠링이 앞장섰다. 이쪽저쪽을 살피는 엠링의 머리가 민첩하게 돌아갔다. 돼지 인간과 맞붙느라 도끼를 잃어버려 비무장 상태였지만 여차하면 이빨이 무기였다. 몽고메리는 양손을 호주머니에 찌르고 고개를 꺾고 비틀비틀 뒤따랐다. 그는 몽롱한 가운데서도 내가 브랜디를 뺏었다고 화가 나 있었다. 나는 왼팔에 멜빵 붕대를 하고서(왼팔이라 다행이었다) 오른손에 권총을 들었다. 곧 우리는 북서쪽을 향해 섬의 원시림 사이로 난 소로를 밟아갔다. 이윽고 엠링이 걸음을 멈추고 가만히 주위를 경계했다. 몽고메리는 비틀비틀 엠링과 부딪치기 직전에 멈춰 섰다. 우리가 가만히 귀를 기울이니 웬 목소리와 발소리 들이 가까워지고 있었다.

"그분은 죽었다."

굵고 낮은, 떨리는 목소리로 누군가가 말했다.

"그분은 안 죽었다. 그분은 안 죽었다."

다른 녀석이 깩깩거렸다.

"우리가 봤다. 우리가 봤다."

여러 목소리가 지껄였다.

"어이! 어이, 거기!"

몽고메리가 갑자기 외쳤다.

"빌어먹을!"

나는 권총을 바투 쥐었다.

잠시 조용하다가 뒤얽힌 초목 사이로 우르르 소리가 나더니 여기 한 놈, 저기 한 놈, 도합 여섯 얼굴이 나타났다. 이상한 낯빛에 이상한 얼굴들이었다. 엠링이 목구멍소리로 으르렁거렸다. 나는 원숭이 인간을 알아보았다. 그 녀석은 목소리로 진작 알고 있었다. 몽고메리의 거룻배를 탔던, 흰 천을 두른 가무스름한 살갗을 한 녀석이 둘 끼어 있었다. 그밖에 얼룩빼기 짐승 둘과 법을 말했던 끔찍하게 등이 굽은 회색 털북숭이가 있었다. 털북숭이는 회색 머리털이

뺨을 덮었고 짙은 회색 눈썹을 하고 경사진 이마 가운데로 회색 머리털이 길게 내려와 있었다. 육중하고 얼굴 없는, 기묘한 빨간 눈을 한 그놈이 호기심에 찬 눈빛으로 수풀 속에서 우리를 바라보고 있었다.

잠시 아무도 말이 없었다. 몽고메리가 딸꾹질하며 말했다.

"그분이 죽었다고 누가 말했나?"

원숭이 인간이 죄지은 듯 회색 털북숭이를 바라보았다. 원숭이가 말했다.

"그분은 죽었다. 이들이 봤다."

어쨌거나 이들 무리에게선 위협기가 느껴지지 않았다. 경외심에 휩싸여 어쩔 줄 몰라 하는 것 같았다.

"그분은 어디 있나?"

몽고메리가 물었다.

"저기."

회색 털북숭이가 가리켰다.

"법이 지금도 있나? 이래라저래라 하는 게 아직도 있나? 그분은 정말 죽었나?"

원숭이 인간이 물었다.

"법이 있나? 법이 있나, 채찍 가진 두 번째 사람?"

흰 천을 두른 녀석이 말했다.

"그분은 죽었다."

회색 털북숭이가 말했다. 그들은 모두 우리를 지켜보고 있었다.

"프렌딕, 그가 죽은 게 분명하오."

몽고메리가 몽롱한 눈을 내게 향하며 말했다.

대화가 오가던 동안 나는 몽고메리 뒤에 서 있었다. 일이 어떻게 돌아가는지 감을 잡은 나는 불쑥 몽고메리의 앞으로 나서서 목청을 높였다.

"법의 자식들이여! 그분은 죽지 않았다!"

엠링이 날카로운 눈초리를 내게 돌렸다.

"그분은 형체를 바꾸었다. 그분은 몸을 바꾸었다. 한동안 너희들은 그분을 보지 못할 것이다. 그분은…… 저기 있다."

나는 위쪽을 가리켰다.

"저기서 너희들을 지켜본다. 너희들은 그분을 보지 못하지만 그분은 너희들을 볼 수 있다. 법을 무서워하라!"

나는 눈을 홉뜨고 그들을 쏘아보았다. 그들이 움칠했다.

"그분은 위대하다. 그분은 훌륭하다."

빽빽한 나무들 사이 하늘을 두려운 눈빛으로 올려다보며 원숭이 인간이 말했다.

"다른 놈은?"

내가 물었다.

"그놈은 피가 나서 비명 지르며 달렸다. 그리고 울었다. 그놈도 죽었다."

회색 털북숭이가 여전히 내게서 눈을 떼지 않고 대답했다.

"잘됐군."

몽고메리가 내뱉었다.

"채찍 가진 두 번째 사람이……."

회색 털북숭이가 입을 열었다.

"뭐?"

내가 말했다.

"말했다. 그분이 죽었다고."

하지만 몽고메리는 모로의 죽음을 부인하는 내 의도를 간파하지 못할 만큼 취한 것은 아니었다. 그가 천천히 말했다.

"그분은 죽지 않았다. 절대 죽지 않았다. 나처럼 살아 있다."

그러고 내가 이었다.

"몇몇이 법을 어겼다. 그들은 죽는다. 몇몇은 죽었다. 그분의 늙은 몸이 있는 곳으로 우리를 안내하라. 그분은 더는 필요 없어서 몸을 버렸다."

"이쪽이다, 바다를 걸었던 사람."

회색 털북숭이가 말했다.

우리는 여섯 동물 인간의 안내를 받아 양치류와 덩굴식물, 나뭇가지의 북새통을 헤치며 북서쪽으로 갔다. 문득 어떤 울부짖음과 나뭇가지가 우지끈하는 소리가 들리더니 웬 작은 분홍색 난쟁이가 비명을 지르며 우리 곁을 내달렸다. 그 즉시로 맹렬히 추적하는 괴물이 나타났다. 피로 얼룩진 놈은 질주를 멈추기도 전에 우리에게 둘러싸였다. 회색 털북숭이가 껑충 비켜섰다. 엠링이 으르렁거리며 덤벼들었지만 놈에게 한 대 맞고 나가떨어졌다. 총을 쏘았지만 빗맞사 몽고메리는 고개를 꺾고 무기를 내던지고는 달아나려고 몸을 돌렸다. 내가 총을 쏘았다. 놈은 그래도 다가왔다. 놈의 흉측한 얼굴에 다시 총을 직사했다. 놈의 이목구비가 순식간에 사라졌다. 얼굴이 함몰되었다. 그래도 놈은 나를 지나쳐 몽고메리를 붙잡아 껴안더니 모로 고꾸라졌다. 죽어가는 고통 속에서도 놈은 몽고메리를 꽉 껴안았다.

둘러보니 나와 엠링, 죽은 짐승, 쓰러진 몽고메리뿐이었다. 천천히 정신을 차린 몽고메리는 어리벙벙한 표정으로 눈앞의 너덜너덜해진 동물 인간을 바라보았다. 술이 확 깨는 모양인지 아둥바둥 일어났다. 그리고 회색 털북숭이가 나무들 사이로 조심조심 되돌아왔다. 죽은 짐승을 가리키며 내가 말했다.

"봐라. 법이 살아 있지 않나? 법을 어기면 이렇게 된다."

회색 녀석이 사체를 흘긋거리며, 굵은 목소리로 찬송 일부를 암송했다.

"그분은 불로써 죽인다."

나머지 녀석들이 둥글게 모여 사체를 잠시 바라보았다.

마침내 우리는 섬 서쪽 끝에 이르렀다. 거기서 물어뜯기고 훼손된, 총알에 어깨뼈가 으깨진 퓨마 사체를 발견했다. 20미터쯤 더 가서 기어코 우리가 찾던 것을 찾았다. 갈대밭 짓뭉개진 곳에 모로가 얼굴을 아래로 하고 쓰러져 있었다. 한 손이 손목에서 거의 끊어질 듯 너덜거렸고 백발에 피가 엉겨 붙어 있었다. 머리는 퓨마의 족쇄에 맞아 함몰되어 있었다. 박사가 깔고 누운 짓뭉개진 갈대는 피에 얼룩져 있었다. 박사의 권총은 찾을 수 없었다. 몽고메리가 박사를 뒤집어 눕혔다. 간간이 쉬면서 우리는 일곱 동물 인간의 도움을 받아 무거운 박사의 몸뚱이를 숙소로 옮겼다. 밤이 다가오고 있었다. 보이지 않는 짐승이 우우 울부짖으며 우리의 단출한 일행을 지나쳐

간 일이 두 번쯤 있었고 한번은 자그마한 분홍빛 나무늘보 녀석이 나타나 우리를 주시하다가 사라졌다. 그러나 우리를 공격해오는 놈은 없었다. 돌담 정문에서 동물 인간 일행이 떠나고 엠링은 쉬러 갔다. 우리는 문을 걸어 잠그고 박사의 난자된 시체를 마당으로 가져가 잔가지 더미 위에 내려놓았다. 그리고 연구실로 들어가서 살아 있는 모든 것을 죽였다.

19. 몽고메리의 휴일

그러고 나서 씻고 먹은 다음에 몽고메리와 나는 내 작은 방으로 가서 우리의 처지를 처음으로 심각하게 토론했다. 자정이 가까워서였다. 몽고메리는 정신이 거의 말짱했지만 마음이 아주 뒤숭숭했다. 모로의 개성에 야릇한 감화를 받아온 그는 모로가 죽으리라곤 한 번도 생각해보지 못한 모양이었다. 이번 참화는 10년 이상의 단조로운 섬 생활 동안 굳어진 그의 습관의 갑작스러운 몰락을 의미했다. 몽고메리는 모호하게 말하면서 내 질문에 삐딱하게 대답했고 전반적인 문제들을 주절거렸다.

"이 지랄맞은 세상, 온통 엉터리야! 난 삶이란 걸 일절 가져본 적이 없어. 내 삶은 언제 시작될지 궁금해. 16년간 그 잘난 보모와 학교 선생의 뜻에 괴롭힘을 당하고, 5년간 런던에서 뼈 빠지게 의학을 연마하고 나쁜 음식에 더러운 하숙, 더러운 옷, 더러운 악취미……

아무것도 모르고 큰 실수를 저질러 이 짐승 같은 섬에 헐레벌떡 와서는…… 여기서 10년을 있었소! 그게 다 무엇을 위해서란 말이오, 프렌딕? 우리는 어린아이가 부는 비눗방울 같은 존재란 말이오?"

그런 헛소리를 상대하는 일은 쉽지 않았다.

"지금 우리가 생각해야 할 일은 이 섬에서 어떻게 빠져나갈 건가 하는 거요."

"빠져나가서 좋을 게 뭐요? 난 쫓겨난 사람이오. 내가 낄 자리가 어디 있겠소? 당신한테나 좋겠지, 프렌딕. 불쌍한 모로 영감! 영감의 뼈를 여기 내버려두고 떠날 순 없소. 게다가 동물 인간들 중 점잖은 녀석들은 어찌하고?"

"흠, 그건 내일로 미룹시다. 모닥불을 피워 박사의 시체와 저기 나머지 것들을 화장하면 어떨까 싶은데? 동물 인간들은 어찌하는 게 좋겠소?"

"모르겠소. 맹수로 만든 녀석들은 머잖아 등신 같은 짓을 할 게요. 놈들을 다 살육할 순 없잖소? 당신의 휴머니즘이 학살을 의미하는 건 아닐 텐데? 아무튼 놈들은 변할 게요. 암, 변하고말고."

몽고메리의 결말 없는 얘기를 계속 듣던 나는 기어코 분통을 터뜨렸다. 나의 무례함에 그가 소리쳤다.

"제기랄! 당신보다 내가 더 곤경에 처한 걸 모르겠소?" 하고 일어나서 브랜디를 가지러 갔다.

"마셔!"

돌아오면서 외쳤다.

"이 이론 좋아하는 비정한 무신론자 군자 선생, 마셔!"

"안 마시겠소."

나는 노란 파라핀 불빛 아래 그의 얼굴을 험악하게 노려보았다. 그는 자작하면서 처량하게 주절거렸다.

나는 끝없는 권태를 느꼈다. 몽고메리는 동물 인간들과 엠링을 감상적으로 변호했다. 엠링은 그를 진정으로 걱정해준 유일한 존재라고 했다. 그러다 문득 무슨 생각이 스친 모양이었다.

"젠장!"

비실비실 일어나서 브랜디 병을 움켜쥐었다.

나는 번쩍이는 직감으로 그의 의도를 알아차렸다.

"짐승한테 술을 주지 마시오!"

일어나서 그를 막았다.

"짐승? 당신이 짐승이지. 그놈은 크리스천처럼* 술을 마셔. 비켜, 프렌딕!"

"제발."

"비켜어!"

몽고메리가 부르짖으며 돌연 권총을 꺼냈다.

"좋소."

나는 비켜났다. 그가 빗장에 손을 얹는 순간 그를 덮칠 요량이었지만 내 쓸모없는 한 팔을 생각하곤 단념했다.

"당신, 짐승이 다 됐군. 그 짐승들한테 갈 테면 가시오."

몽고메리는 왈칵 문을 열고 노란 램프 불빛과 창백한 달빛 사이

---

* '사람답게'라는 뜻으로 쓴 표현이다.

에 서서 나를 돌아보았다. 짧은 눈썹 밑 눈구멍이 시커먼 얼룩처럼 보였다.

"점잖은 양반, 프렌딕, 이 멍청이! 당신은 늘 근심하고 공상하지. 우린 벼랑 끝에 서 있어. 난 내일 목숨을 끊어야 하니 오늘 밤 빌어먹을 휴일을 쉴 작정이야" 하고 돌아서서 그는 달빛 속으로 나갔다.

"엠링! 내 친구, 엠링!"

은빛 속에서 어슴푸레한 동물 인간 셋이 창백한 해변가를 따라오고 있었다. 한 놈은 흰 천을 둘렀고 다른 시커먼 두 놈이 뒤따랐다. 놈들은 걸음을 멈추고 이쪽을 주시했다. 돌담 모퉁이를 돌아오는 엠링의 꾸부정한 어깨가 보였다. 몽고메리가 외쳤다.

"마셔! 마셔, 이 짐승들아! 마시고 사람이 돼라! 나만큼 똑똑한 사람은 없어. 박사는 이걸 몰랐어. 이번이 마지막이야. 마시라잖아!"

술병을 흔들며 서쪽으로 빠르게 걸었다. 엠링은 몽고메리와 그 뒤를 따르는 어슴푸레한 세 녀석 사이에 끼었다.

나는 문간으로 갔다. 달빛 속에서 그들은 희미하게 멀어져갔다. 몽고메리가 정지하더니 진한 브랜디를 엠링에게 한 잔 주는 모습이 보였다. 그리고 다섯 형체는 흐릿한 한 무더기로 합쳐졌다.

"노래!"

몽고메리가 외쳤다.

"다 같이 부르자. '빌어먹을 프렌딕!' 그래 맞아. 다시 한번. '빌어먹을 프렌딕!'"

그 시커먼 무리는 다섯 형체로 나뉘어, 반짝이는 해변 백사장을 따라 휘청휘청 천천히 멀어져갔다. 저마다 제멋대로 소리 지르고 악을 쓰며 나를 모욕했다. 이 새로운 취흥에 겨워 그들은 닥치는 대로 내질렀다. 이윽고 몽고메리의 외침이 들렸다.

"오른쪽으로!"

그들은 소리치고 악을 쓰며 나아가서 육지 쪽 어두컴컴한 숲속으로 들어갔다. 천천히, 아주 천천히 그들의 목소리가 멀어지고 고요가 찾아왔다.

평화로운 밤의 광휘가 다시 가라앉았다. 달은 이제 자오선을 지나 서편으로 기울고 있었다. 공활한 푸른 하늘을 아주 밝은 보름달이 건너갔다. 1미터 폭의 칠흑 같은 담장 그림자 한 장이 내 발치에 떨어져 있었다. 동쪽 바다는 밋밋한 회색에 어둡고 불가사의했다. 그 바다와 담장 그림자 사이에 흑요석과 결정 재질의 회색 모래밭이 다이아몬드 해변처럼 반짝이고 번들거렸다. 내 뒤의 파라핀 램프가 불그스름하니 뜨겁게 너울거렸다.

나는 문을 닫아 잠그고 나서 돌담 안으로 들어갔다. 모로가 그의 희생자들, 그러니까 사냥개들과 라마와 기타 몇몇 가련한 짐승들과 나란히 누워 있는 곳이었다. 박사의 육중한 얼굴은 끔찍한 죽음 뒤임에도 차분하기 그지없었고 매섭게 치뜬 눈은 저 위 창백한 달을 올려다보고 있었다. 나는 그 우묵한 곳 가장자리에 앉아 은빛이 내려앉은 끔찍한 더미와 그 음산한 그림자들에 시선을 두고 계획을 세워나갔다. 아침이 되면 식량을 구명보트에 싣고, 그리고 여기 화장을 위한 땔감에 불을 지핀 다음 막막한 먼바다로 나갈 것이다. 몽고메리는 가망이 없었다. 사실 그는 여기 동물 인간들을 닮아버려서 인간 세상에는 부적합했다.

내가 거기 앉아 얼마나 오랫동안 계획을 세웠는지 모르겠다. 한 시간쯤 됐으리라. 몽고메리가 근처로 되돌아오는 바람에 머릿속이 엉클어졌다. 여러 목소리가 고함지르고 있었다. 환희의 부르짖는 소란, 함성과 악쓰는 소리가 해변 쪽으로 흘러갔다. 흥분한 외마디 소리가 물가 근처에서 그치는 것 같았다. 소란이 일었다가 가라앉았다. 무언가를 세게 때리는 소리와 나무를 찍어 쪼개는 소리가 들렸지만 별로 신경 쓰지 않았다. 중구난방 찬송이 시작되었다.

나는 탈출 방도를 다시 생각했다. 일어나서 램프를 가지고 광으로, 거기서 본 적 있는 작은 나무통들을 살피려고 들어갔다. 문득 비스킷 깡통들의 내용물에 관심이 가서 하나를 열어보았다. 내 곁눈에 무언가가 잡혔다. 어떤 붉은 형체였다. 나는 홱 돌아보았다.

뒤에는 마당이 있었다. 달빛을 받아 흑백이 선명했다. 장작더미와 삭정이들 위에 박사와 신체 훼손된 희생자들이 겹겹이 누워 있었다. 그들은 마지막 복수의 드잡이라도 하듯 서로 엉겨 붙어 있었다. 박사의 상처는 밤처럼 검게 입을 쩍 벌렸고, 떨어져 내린 핏방울이 모래 위에 검은 얼룩을 만들었다. 나는 착시의 원인을 경솔하게 판단했다. 불그스름한 불빛 하나가 맞은편 벽에서 너울거렸는데 이것을 깜박이는 내 램프 불빛으로 착각한 나는 광 속의 물품 쪽으로 몸을 되돌렸다. 외팔이로서 최선을 다해 물품들을 뒤져 이런저런 편의품들을 골라내 내일 배에 실으려고 한쪽으로 제쳐놓았다. 내 동작은 더뎠고 시간은 빠르게 흘렀다. 어느 결에 새벽빛이 다가와 있었다.

찬송이 그치고 시끌벅적하다가 다시 찬송이 시작되었다. 그러다 갑자기 소요가 일었다. "더! 더!" 하는 부르짖음이 들렸다. 말다툼 비슷한 소리가 나고 돌연 사나운 비명이 들렸다. 소리의 성격이 너무 급격히 바뀌어 내 시선을 끌었다. 나는 마당으로 나가서 귀 기울였다. 머잖아 칼로 베듯 소란을 가르고 총성이 났다.

즉시 나는 내 방을 지나 문간으로 달려갔다. 그러는데 뒤쪽에서 어떤 포장 상자들이 미끄러져 내려 광 바닥의 무슨 유리 제품과 부딪쳐 와당탕 소리를 냈다. 하지만 나는 그것에 주의를 기울이지 않았다. 문을 왈카닥 열고 내다보았다.

저 바닷가 보트 창고 옆에서 웬 모닥불이 타오르며 희붐한 새벽 속으로 불티를 튀겨 올리고 있었다. 그 둘레로 검은 형체들이 무리 지어 꿈틀거렸다. 몽고메리가 내 이름을 불렀다. 나는 권총을 손에 쥐고 지체 없이 모닥불을 향해 뛰었다. 몽고메리의 총구에서 다시 한번 시뻘건 혀가 낮은 위치에서 날름 나오는 게 보였다. 그는 넘어져 있었다. 나는 혼신의 힘을 다해 소리치며 허공으로 총을 쏘았다. 누군가가 부르짖었다.

"주인님!"

맞붙었던 검은 형체들이 둘씩 셋씩 갈라졌다. 불길이 확 커졌다가 가라앉았다. 동물 인간 무리가 나를 보더니 해변 위쪽으로 허둥지둥 달아났다. 흥분한 나는 퇴각하는 놈들의 등을 향해 총을 쏘았고 동시에 놈들은 덤불 속으로 사라졌다. 나는 땅바닥의 검은 덩어리들 쪽으로 몸을 돌렸다.

몽고메리가 바닥에 등을 대고 누워 있었고 그 몸 위로 회색 털북숭이 동물 인간이 가로 뻗어 있었다. 짐승은 죽었는데도 몽고메리의 목덜미를 움켜쥔 굽은 발톱을 놓지 않았다. 그 가까이에 엠링이 얼굴을 처박고 가만히 쓰러져 있었다. 물어뜯긴 목덜미 부위가 째졌고 깨어진 술병 윗부분을 한 손에 쥐고 있었다. 다른 두 놈은 불 가에 누워 있었다. 한 놈은 움직이지 않았고 다른 놈은 단속적으로 신음을 흘리며 계속 고개를 천천히 들었다 놓았다 했다.

나는 회색 털북숭이를 붙잡아 몽고메리의 몸에서 떼어냈다. 놈을 떼어내는데 놈의 발톱이 찢어진 몽고메리의 외투를 질질 끌어 내렸다. 몽고메리는 얼굴이 거무스름했고 겨우 숨을 쉬었다. 나는 그의 얼굴에 바닷물을 끼얹고는 내 외투를 둘둘 말아 그의 머리 밑에 괴었다. 엠링은 죽어 있었다. 불 가의 상처 입은 짐승은 수염 있는 회색 얼굴의 늑대 인간으로 여태 꺼지지 않은 장작 위에 상반신을 얹고 누워 있었다. 그 가련한 녀석은 너무 끔찍한 상처를 입은지라 나는 딱한 마음이 들어 놈의 머리통을 즉각 날려버렸다. 다른 놈은 흰 천 두른 황소 인간으로, 죽어 있었다. 나머지 동물 인간들은 해변에 보이지 않았다.

나는 몽고메리에게로 되돌아가 그 옆에 무릎 꿇고 앉았다. 의학에 무지한 나 자신이 한스러웠다. 옆의 화톳불은 이제 사그라들었고, 화톳불 중심부 잉걸불만이 회색 삭정이 재와 뒤섞여 이글거렸다. 몽고메리가 이 땔감을 어디서 구했는지 나는 무심코 궁금했다. 새벽이 다가와 있었다. 하늘이 점차 밝아지고 그 밝아지는 청색 하늘에 지는 달이 파리하고 흐릿했다. 동녘 하늘이 붉게 번지고 있었다.

별안간 뒤편에서 털썩하는 소리와 쉬익쉭 하는 소리가 들렸다.

뒤돌아보다가 나는 공포의 비명을 지르며 벌떡 일어났다. 밝아오는 새벽을 배경으로 엄청난 검은 연기 덩어리가 요란스레 돌담집에서 치솟고 있었다. 맹렬한 검은 연기 사이로 시뻘건 화염이 너울거렸다. 이엉 얹은 지붕이 위험했다. 굽이치는 불길이 경사진 이엉을 집어삼키고 있었다. 내 방 창문에서 불길 하나가 용솟음쳤다.

무슨 일인지 나는 즉각 알아차렸다. 내가 들었던 와당탕 소리를 떠올렸다. 몽고메리를 도와주러 튀어나오다가 램프를 뒤엎은 터였다.

돌담집의 물건을 전혀 건질 수 없다는 절망이 나를 빤히 바라보고 있었다. 나는 탈출 계획을 돌이키다가 문득 배 두 척이 있던 해변 지점을 휙 돌아보았다. 배가 없었다! 내 옆 모래밭에 도끼 두 자루가 놓여 있었다. 나뭇조각과 그 부스러기가 여기저기 흩어졌고 거메지는 화톳불 재가 여명 속에 연기를 피우고 있었다. 몽고메리가 내게 복수한다고, 인간 세상을 향한 그와 나의 복귀를 스스로 막으려고 배들을 불태웠다!

순간 격노가 치밀었다. 내 발치에 무력하게 누워 있는 몽고메리의 어리석은 머리를 걷어차고 싶었다. 별안간 그의 손이 아주 약하게, 몹시 애처롭게 움직이는 바람에 내 분노가 사그라졌다. 몽고메리가 신음을 흘리며 눈을 떴다가 감았다. 나는 그 옆에 꿇어앉아 그의 머리를 들어 올렸다. 몽고메리가 다시 눈을 떠서 여명을 말없이 응시하다가 내 눈을 쳐다보았다. 그 눈꺼풀이 내려갔다.

"미안하오."

이윽고 몽고메리가 힘겹게 말했다. 생각하려는 기색이었다.

"마지막이오" 하고 웅얼거렸다.

"이 멍청한 우주도 마지막……. 온통 엉터리……."

나는 귀 기울였다. 그의 머리가 가망 없이 한쪽으로 축 떨어졌다. 마실 것을 주면 몽고메리가 소생할 것도 같았다. 하지만 마실 것도 마실 것을 나를 용기(容器)도 없었다. 몽고메리가 갑자기 무거워진 것 같았다. 간담이 서늘했다. 나는 상체를 수그려 그의 찢어진 윗옷 속으로 손을 넣었다. 그는 죽어 있었다. 그가 죽었는데, 흰빛 한 줄기, 해의 손길이 동쪽으로 내뻗은 만(灣) 너머로 떠올라 하늘을 가로질러 광휘를 뿌리고, 어두운 바다는 넘실거리는 눈부신 빛으로 웅성거렸다. 몽고메리의 죽어 핼쑥한 얼굴에 영광이 와닿은 듯한 모습이었다.

급조한 조악한 베개 위에 그의 머리를 살며시 도로 올려놓고 나서 일어섰다. 앞에는 반짝이는 망망한 바다, 내게 수없는 고통을 준 그 끔찍한 고독이 펼쳐졌고 뒤에는 동틀 녘 고요한 섬이 누워 있었다. 섬의 동물 인간들은 모습을 드러내지 않고 조용했다. 음식물과 탄환이 가득한 돌담집은 갑작스레 타오르는 불길에 시끄럽게 타면서 단속적으로 탁탁거리고 이따금 털썩 소리를 냈다. 짙은 연기가 해변 위쪽으로 피어올라 저 멀리 우듬지들을 뭉글뭉글 타고 넘어 바윗골 움막 쪽으로 날아갔다. 내 옆에는 타버린 배들의 형해와 사체 다섯 구가 남아 있었다.

그때 덤불 밖으로 동물 인간 셋이 나타났다. 꾸부정한 어깨에 돌출한 머리통에 꼴사납게 매달린 기형의 손을 하고 호기심에 찬 비우호적인 기색으로 머뭇머뭇 내 쪽으로 다가왔다.

20. 동물 인간들과 나 홀로

나는 운명을 걸고 그자들과 맞섰다. 외팔이, 한쪽 팔을 부러뜨렸으니 나는 그야말로 외팔이였다. 호주머니에 약실 둘이 빈 권총이 있었다. 해변에 흩뿌려진 나무 부스러기 사이로, 배들을 잘게 쪼개는 데 쓴 손도끼 두 자루가 놓여 있었다. 조류가 등 뒤에서 슬금슬금 밀려왔다. 배짱을 부릴 수밖에 딴 도리가 없었다. 나는 접근하는 괴물들의 얼굴을 눈을 홉뜨고 노려보았다. 놈들은 내 눈을 피하고는 콧구멍을 벌렁거리며 내 뒤 해변에 누운 사체들을 흘끗거렸다. 나는 대여섯 걸음 걸어가서 늑대 인간 사체 밑에 깔린 피 묻은 채찍을 집어 들어 휘둘렀다. 놈들이 동작을 멈추고 나를 바라보았다.

"경례! 절해!"

내 말에 놈들이 망설였다. 하나가 무릎을 굽혔다. 나는 간이 오그라붙는 와중에도 명령을 되풀이하고는 놈들에게 다가들었다. 한 놈이 무릎 꿇자 다른 두 놈도 무릎 꿇었다.

나는 무릎 꿇은 세 동물 인간에게 시선을 고정한 채 몸만 돌려 사체들을 향해 걸었다. 그런 내 모습은 관객을 향한 채 무대 위를 움직이는 배우와 영락없었다.

“이들은 법을 어겼다.”

법을 말하는 자의 사체 위에 발을 올려놓으며 내가 말했다.

“그래서 죽임을 당했다. 법을 말하는 자도. 채찍 가진 두 번째 사람도. 법은 위대하다! 와서 보아라.”

“벌을 받는다.”

한 놈이 다가와 흘끗거리며 말했다.

“벌을 받는다. 그러니 내 명령을 듣고 지켜라.”

내가 말했다.

녀석들이 일어나서 어리둥절한 표정으로 서로를 바라보았다.

“거기 서 있어!”

말하고 나는 손도끼들을 집어 들어 내 팔의 멜빵 붕대에 그 머리 부분을 걸쳐놓고 나서 몽고메리의 몸을 뒤집었다. 약실 두 개가 찬 그의 권총을 집어 들고는 허리를 굽혀 그의 호주머니를 뒤졌다. 탄알 대여섯 알이 나왔다.

“들어” 하고 나는 도로 일어섰다. 몽고메리를 채찍으로 가리키며 말했다.

“들고 가서 저기 바다에 던져 넣어.”

놈들이 다가왔다. 몽고메리를 여전히 무서워하는 눈치였지만 내가 휘두르는 붉은 채찍을 더 무서워하는 듯했다. 사체에 머뭇머뭇

손을 대다가 내가 채찍을 휘두르고 고함치자 사체를 조심조심 들어 올려 해변을 내려가서 남실거리는 눈부신 바닷속으로 철벅 철벅 들어갔다.

"더! 더! 더 들어가!"

내가 외쳤다.

그들은 겨드랑이 깊이까지 들어가서 나를 돌아보았다.

"됐어."

내가 말하자 몽고메리의 시체는 첨벙 소리와 함께 사라졌다. 내 가슴이 빠개지는 듯했다.

"좋아!"

나는 갈라진 음성으로 말했다. 그들은 허둥지둥, 겁에 질려 물가로 돌아왔다. 은빛 물결 사이로 거무스름한 고랑을 길게 파며 물가로 나온 그들은 돌아서서 바다를 바라보았다. 몽고메리가 그 지점에서 솟아올라 복수라도 하면 어쩌나 하는 표정들이었다.

"이제 이것도."

나는 나머지 사체들을 가리켰다.

그들은 몽고메리를 던져 넣은 지점을 피하려는지 동물 인간 사체 넷을 들고 해변을 사선으로 100미터쯤 내려가서야 물속으로 들어가서 사체들을 던져 넣었다.

난자당한 엠링의 사체를 처리하는 그들을 지켜보는데 뒤에서 가벼운 발소리가 들렸다. 재빨리 돌아보니 덩치 큰 하이에나-돼지 인간이 6미터쯤 떨어져 있었다. 고개를 수그리고 반짝이는 눈으로 나를 빤히 지켜보는 놈은 움켜쥔 뭉뚝한 손을 옆구리에 붙이고 있었다. 내가 돌아보았을 때 놈은 이런 꾸부정한 자세로 동작을 멈추며 내 시선을 살짝 피했다.

잠시 동안 우리는 서로를 쏘아보았다. 나는 채찍을 떨어뜨리고 호주머니의 권총을 움켜쥐었다. 이 짐승을 죽일 참이었다. 섬에 잔존한 동물 인간들 중에서 제일 무서운 놈이란 게 이유라면 이유였다. 내 판단이 틀렸을 수도 있지만 어쨌든 나는 그렇게 결심했다. 다른 무서운 동물 인간 둘을 합쳐놓은 것보다 그 한 놈이 훨씬 두려웠다. 놈이 살아 있으면 내 목숨이 위태로웠다.

나는 10여 초쯤 마음을 가다듬고 나서 소리 질렀다.

"경례! 절해!"

놈이 으르렁거리며 이빨을 번뜩였다.

"네가 누군데 내가 절하나?"

나는 좀 충동적으로 권총을 꺼내 재빨리 겨누고 발사했다. 놈이 컹컹 짖으며 옆으로 내달렸다. 빗맞혔음을 알고 나는 제2발을 쏘려고 몸을 돌려 엄지로 공이치기를 뒤로 젖혔다. 하지만 놈은 이리저리 훌쩍훌쩍 뛰어 저만치 멀어지고 있어서 나는 또 빗맞히는 위험을 무릅쓰고 싶지 않았다. 간간이 어깨 너머로 나를 뒤돌아보며 놈은 해변을 비스듬히 가서, 불타는 돌담집에서 여태 솟아오르는 맹렬한 농연(濃煙) 덩어리 밑으로 사라졌다. 한동안 놈이 사라진 지점을 응시하다가 나는 말 잘 듣는 세 동물 인간에게로 돌아서서 여태 나르고 있는 사체를 내던지라고 신호했다. 그러고는 사체가 있었던 불 가 자리로 돌아가 발로 모래를 차서 갈색 핏자국을 모조리 덮었다.

한 손을 내저어 그 세 하인을 해산시키고 나서 해변을 올라가 덤불 속으로 들어갔다. 권총은 손에 쥐고 채찍과 손도끼 두 자루는 멜빵 붕대에 꿰어 찬 상태였다. 얼른 혼자가 되어 현재 내 처지를 찬찬히 돌이켜보고 싶었다. 언뜻 깨달은 무서운 사실은, 이젠 이 섬을 통틀어 그 어디에도 내가 혼자서 쉬거나 잠잘 수 있는 안전한 곳이 없다는 자각이었다. 나는 이곳에 도착한 뒤로 체력을 엄청나게 회복했지만 스트레스가 심하면 여전히 신경 불안과 쇠약 증세에 시달리는 경향이 있었다. 섬을 질러가서 동물 인간들 틈에 섞여 들어 그들의 신뢰를 얻어서 내 안전을 확보하는 게 어떨까 싶었다. 하지만 용기가 없었던 나는 해변으로 되돌아가 동쪽으로 불타는 돌담집을 지나쳐 어느 곶으로 갔다. 산호 모래톱 야트막한 곶이 산호초 쪽으로 내뻗어 있었다. 바다를 등지고 앉아 시선은 전방의 돌발 상황에 대비하면서 생각하기엔 적합한 곳이었다. 그래 거기에 앉아 턱을 무릎에 괴고 생각에 잠겼다. 태양이 내 머리를 때리고, 나는 말할 수 없는 불안감에 잠겨, 구조되는 날까지(구조된다면) 어떻게 살아낼까를 구상했다. 전체 상황을 되도록 차분하게 재검토했지만 감정적인 부분까지 정리하기란 어려웠다.

몽고메리가 왜 절망에 빠졌는지 그 이유를 숙고했다. 몽고메리는 이렇게 말했었다.

"놈들은 변할 게요. 암, 변하고말고."

그리고 모로, 모로 박사는 무슨 말을 했던가?

"그 완고한 동물 신체가 나날이 회귀하고 있소."

그리고 하이에나-돼지 인간에 생각이 미쳤다. 그놈을 죽이지 않으면 그놈한테 내가 죽을 것이 확실해졌다. 불행히도 법을 말하는 자는 죽었다. 그들은 이제 그들 자신이 죽임을 당하듯 채찍 가진 우리들도 죽임을 당할 수 있다는 사실을 알았다. 놈들이 혹시 저기 양치류와 종려나무 녹음 속에서 나를 엿보는 것은 아닐까? 내가 가까이 다가오길 노리는 것은 아닐까? 나를 어찌하려고 꿍꿍이속을 꾸미는 건 아닐까? 하이에나-돼지 인간은 그들에게 뭐라고 말하고 있을까? 내 상상은 실체 없는 공포의 늪으로 빠져들었다.

바닷새 울음소리에 내 생각이 끊겼다. 돌담집 가까운 바닷가 파도에 갇힌 어떤 검은 물체를 향해 바닷새들이 몰려가고 있었다. 그 물체가 무엇인지 나는 알았지만 그리로 가서 바닷새들을 물리칠 엄두가 나지 않았다. 나는 그 반대쪽 해변으로 걸음을 떼어놓았다. 섬 동쪽 귀퉁이를 돌아 움막 있는 바윗골로 갈 셈이었다. 위험이 도사리는 덤불을 가로지르고 싶진 않았다.

800미터쯤 해변을 따라가는데 그 세 동물 인간 중 하나가 내륙 쪽 덤불에서 나와 나에게로 다가왔다. 나는 온갖 상상으로 몹시 불안해진 상태라 즉각 권총을 뽑아 들었다. 녀석의 굽실거리는 몸짓도 나를 안심시키지 못했다. 녀석은 머뭇머뭇 다가왔다.

"가라!"

내가 외쳤다.

녀석의 알랑거리는 태도는 개와 흡사한 구석이 있었다. 집으로 마지못해 돌아가는 개처럼 녀석은 조금 물러가다가 멈춰서 갯과(科)의 갈색 눈으로 애원하듯 나를 바라보았다.

"가라! 가까이 오지 마라!"

"가까이 가면 안 됩니까?"

녀석의 말에 "안 돼, 가라."

내가 고집했다. 채찍을 휘두르고 그 채찍을 입에 물고 허리 굽혀 돌멩이를 주워들었다. 그 위협에 녀석이 물러갔다.

그렇게 나는 혼자 동물 인간들의 바윗골로 에둘러 가서 그 암혐과 바다를 경계 짓는 잡초와 갈대에 몸을 숨기고 그들의 동태를 살폈다. 모로와 몽고메리의 죽음, 그리고 '고통의 집'의 전소가 그들에게 어떤 영향을 미쳤는지를 그들의 몸짓과 겉모습을 통해 파악하려고 애썼다. 지레 겁을 먹은 내가 어리석었던 것으로 판명 났다. 새벽녘, 배짱을 줄곧 유지했더라면, 혼자만의 숙고에 빠져 그 배짱을 팽개치는 일이 없었더라면, 그러면 내가 모로의 권력 공백을 메우고 동물 인간들을 지배할 수 있었을 텐데. 기회는 이미 놓쳤고 나는 내 패거리의 일개 통솔자 지위로 전락해 있었다.

정오가 가까워 그들 일부가 나와서 뜨거운 모래밭에 쭈그리고 앉아 해바라기했다. 나는 허기와 갈증 해소가 급선무라 두려움은 뒷전으로 밀려났다. 덤불에서 나와 권총을 쥐고 나는 그 쭈그려 앉은 녀석들을 향해 내려갔다. 늑대 여인이 고갤 돌려 나를 보자 다른 자들도 돌아보았다. 일어서거나 나한테 절하는 자는 아무도 없었다. 나는 너무 기운이 없고 지쳐서 녀석들을 닦아세울 수 없었다. 그래서 절차를 생략하고, "먹을 걸 다오" 하고 거의 애걸하듯 말하면서 다가갔다.

"움막 안에 먹을 게 있다."

황소-수퇘지 인간이 졸린 듯 말하며 나를 외면했다.

나는 그들을 지나 인적 드문 바윗골 그림자와 냄새 속으로 내려갔다. 어느 빈 움막에서 어떤 멍들고 반쯤 썩은 과일을 실컷 먹은 다음 나뭇가지와 나무토막을 그 출입구에 기대 세우고는 얼굴을 그쪽으로 향하고 권총을 손에 쥔 채 지난 30시간의 피로를 못 이기고 선잠에 빠져들었다. 누군가가 내가 설치한 빈약한 바리케이드를 건드릴 경우 시끄러운 소리가 나서 내가 뜻밖의 상황에서 모면할 수 있기를 바라면서.

21. 동물 인간들의 회귀

이렇게 해서 나는 모로 박사의 섬에 있는 동물 인간들 틈에 끼게 되었다. 내가 깨었을 때 주위는 어두웠다. 붕대 감은 팔이 욱신거렸다. 나는 일어나 앉으며 여기가 어딘지 무엇보다 궁금했다. 밖에서 얘기하는 서걱거리는 목소리들이 들렸다. 바리케이드가 사라지고 움막 출입구가 말끔했다. 권총은 내 손에 있었다.

무슨 숨소리가 들려 눈길을 주니 무언가가 내 곁에 바싹 웅크리고 있었다. 나는 숨을 죽이고 그게 무엇인지 가려보려 했다. 그것은 느릿느릿 아주 천천히 움직이기 시작했다. 문득 어떤 부드럽고 따스하고 축축한 무언가가 내 손을 쓸고 지나갔다. 내 모든 근육이 움츠러들었다. 나는 손을 빼냈다. 비명이 목구멍에 걸려 나오지 않았다. 곧 나는 무슨 일이 일어났는지를 깨닫고 권총을 움켜쥐었다.

"누구냐?"

나는 총을 겨누고 쉰 목소리로 나직이 물었다.

"접니다, 주인님."

"네가 누군데?"

"그들은 이제 주인님이 없다고 말합니다. 하지만 전 압니다, 알아요. 전 시체들을 바다로 날랐습니다, 아아, 바다를 걷는 분이여! 당신이 죽인 그 시체들을 날랐습니다. 전 당신의 몸종입니다, 주인님."

"내가 바닷가에서 만난 자들 중 한 명이 너냐?"

"그렇습니다, 주인님."

내가 잠잘 때 덤벼들 수도 있었을 텐데 그러지 않은 것을 보면 놈은 꽤 충성스러운 모양이었다.

"좋아."

내가 손을 뻗자 놈이 다시 한번 그 손을 핥았다. 녀석이 곁에 있다는 게 나한테 어떤 의미인지를 깨닫자 용기가 조수처럼 밀려왔다.

"다른 자들은 어디 있나?"

"그들은 미쳤습니다. 어리석은 자들입니다."

개 인간이 말을 이었다.

"지금도 저기 모여서 얘기를 하고 있습니다. 그들은 말합니다. '주인님은 죽었다. 채찍 가진 두 번째 사람도 죽었다. 바다를 걸었던 저기 저 사람은 우리랑 똑같다. 우리에게 이젠 주인님도 채찍도 고통의 집도 없다. 모두 끝났다. 우리는 법을 사랑한다. 따라서 그것을 지킬 것이다. 하지만 고통도 주인님도 채찍도 이젠 영원히 없다.' 그들은 그렇게 말하지만 저는 압니다, 주인님, 저는 압니다."

나는 어둠 속을 더듬어 개 인간의 머리를 쓰다듬어주었다.

"좋아."

"머잖아 주인님은 그들을 모두 죽이시겠지요?"

"머잖아 그들을 모두 죽이리라. 여러 날이 지나고 여러 일이 생긴 뒤에. 모조리, 너만 빼고 모조리 죽임을 당하리라."

"주인님은 죽이겠다고 결심하면 반드시 죽이십니다."

개 인간이 만족스러운 목소리로 말했다.

"그들의 죄악은 나날이 커지리라. 시기가 무르익을 때까지 어리석게 살도록 그들을 내버려두자꾸나. 내가 주인임을 그들이 모르게 하라."

"주인님의 계획은 감미롭습니다."

개 인간이 갯과 혈통의 재빠른 기지를 발휘해 대꾸했다.

"그러나 한 놈이 죄를 지었다. 내 그를 다시 만나면 그를 죽이리라. '저자가 그놈이다'라고 내가 말하거든 너는 그놈을 덮치거라. 이제 나는 함께 모여 있는 남자들과 여자들에게 가야겠다."

순간 출입구가 어두워졌다. 개 인간이 움막을 빠져나가고 있었다. 나도 뒤따라 나가 몸을 곧추세웠다. 일전에 모로와 사냥개가 나를 추격해올 때 그 소리를 들으며 내가 서 있던 바로 그 지점이었다. 하지만 지금은 밤이었고 해로운 기운을 품은 바윗골이 온통 컴컴했다. 저기 햇빛 반짝이는 초록 비탈이 있어야 할 자리에 빨간 불꽃 하나가 이글거리고 그 앞을 꾸부정하고 기괴한 형체들이 움직거리고 있었다. 그 뒤편 울창한 수목과 어두운 비탈 위쪽 가장자리는 높은 나뭇가지들이 그물처럼 검게 뒤엉켜 있었다. 골짜기 등마루 위로 막 달이 떠올랐고, 섬의 분기공들에서 끊임없이 피어오르는 소용돌이 증기가 그 달을 막대기처럼 가로질렀다.

"나란히 걸어라."

나는 용기를 내며 말했다. 나란히 그 좁은 길을 내려가면서 우리는 움막들에서 빠끔히 우리를 내다보는 어슴푸레한 놈들에겐 별반 주의를 기울이지 않았다.

불 가에 있는 녀석들은 아무도 나한테 절하지 않았다. 대부분 우리를 드러내놓고 무시했다. 하이에나-돼지 인간을 눈으로 찾아보았지만 놈은 보이지 않았다. 도합 스무 명쯤 동물 인간들이 쭈그리고 앉아 불을 응시하거나 얘기를 나누고 있었다.

"그분은 죽었다. 그분은 죽었다! 주인님은 죽었다! 고통의 집, 고통의 집은 이제 없다!"

내 충복에게 말하는 원숭이 인간의 목소리가 들렸다.

"그분은 죽지 않았다. 지금도 우리를 지켜보고 있다!"

내 일갈에 다들 놀랐는지 스무 짝의 눈알들이 나를 돌아보았다.

"고통의 집은 사라졌다. 그러나 돌아온다. 너희들은 주인님을 보지 못한다. 지금도 그분은 너희들 속에서 듣고 있다."

"맞아, 맞아!"

개 인간이 맞장구쳤다.

내 확신에 그들이 동요했다. 동물이 사납고 교활하다면 사람은 거짓말을 할 줄 안다.

"팔에 붕대 감은 사람이 이상한 말을 한다."

동물 인간 하나가 말했다.

"내 말은 틀림없다. 주인님과 고통의 집은 되돌아온다. 법을 어기는 자에게 화 있을진저!"

그들은 어리둥절 서로를 쳐다보았다. 나는 무심함을 가장하며 내 앞의 땅을 느릿느릿 손도끼로 찍기 시작했다. 잔디밭에 깊게 팬 그 틈들을 그들이 쳐다보고 있다는 것을 나는 알았다.

그러다 사티로스가 의문을 제기했고 내가 답했다. 그러고 나서 얼룩빼기 하나가 이의를 제기하자 활발한 토론이 불 가에서 벌어졌다. 시간이 갈수록 나는 현재의 내 안전을 더욱 확신하게 되었다. 이윽고 열렬한 흥분에 휩싸여 숨 돌릴 틈도 없이 내가 말을 쏟아냈는데 그것 때문에 한동안 고생하게 되었다. 한 시간 동안 내 주장이 사실임을 몇몇 동물 인간에게 납득시키긴 했으나 나머지 대부분은 내 말을 미심쩍어했다. 내 적수 하이에나-돼지 인간에 대한 경계를 늦추지 않았지만 놈은 다시 나타나지 않았다. 이따금 어떤 수상쩍은 움직임에 놀라긴 했지만 나는 무럭무럭 자신감이 커졌다. 이윽고 달이 천정(天頂)을 지나 기웃기웃 기울자 경청하던 동물 인간들이 하나둘씩 하품을 하더니(사그라지는 불빛에 그 이빨이 괴이쩍게 번쩍였다) 한 놈 두 놈 바윗골 움막 쪽으로 퇴거했다. 고요와 어둠을 두려워하며 나도 그들과 함께 갔다. 단둘이 있는 것보다 여럿이 함께 있는 게 더 안전하니까.

이렇게 해서 모로 박사의 섬에서 보낸 내 후반부 체류가 시작되었다. 그날 밤부터 마지막 날까지 온갖 불유쾌한 소사(小事)들과 끊임없는 불안감에 시달린 것을 제외하면 딱히 밝힐 만한 사건이라곤 한 가지뿐이다. 따라서 그 시기의 일들을 시시콜콜 설명하고 싶진 않고 대신 그 반쯤 인간화한 짐승들과 친구처럼 지낸 그 10개월 동안에 일어난 한 가지 중요한 사건만 언급하겠다. 기억에서 떨쳐지지 않는 많은 것들을 쓸 수도 있고 또 그것들을 기꺼이 잊어버리고 싶지만 그럼에도 그 사건을 얘기해야겠다.

되돌아보면 내가 그렇게 빨리 그 괴물들의 풍습에 젖어 들어 신뢰를 회복한 것이 이상하게만 회상된다. 물론 그들과 싸우기도 했다. 그들에게 물린 이빨 자국이 지금도 남아 있다. 하지만 그들은 곧 내 돌팔매질과 도끼질 앞에 몸을 사리며 존경심을 품게 되었다. 세인트버나드 개 인간은 충절을 다해 나를 받들었다. 그들의 단순한 존경법은 상대에게 치명적 상처를 입히는 능력에 주로 기반하고 있었다. 사실 나는, 과장 없이 말하자면 그들 중에서 탁월했다. 내게서 좀 심하게 상처 입은 유난히 기개 있는 한두 놈은 나한테 앙심을 품기도 했지만 내 뒤에서 슬그머니 나타나거나 내 돌팔매 사정거리 밖에서 인상을 찌푸리는 게 고작이었다.

하이에나-돼지 인간은 나를 피했고 나는 놈에 대한 경계를 한시도 게을리하지 않았다. 내 단짝 개 인간은 놈을 몹시 싫어하고 두려워했다. 그 이유는 그가 나를 애착했기 때문이라고 진실로 믿는다. 하이에나-돼지 괴물이 피 맛을 알고서 표범 인간의 전철을 밟고 있음이 곧 명백해졌다. 놈은 숲속 어딘가에 은신처를 마련하고 혼자 지냈다. 한번은 놈을 잡자고 동물 인간들을 꼬드겼으나 그들을 하나의 목표 아래 규합하는 데는 내 권위가 미약했다. 나는 여러 번 놈의 거처로 접근해 몰래 덮치려 했지만 놈이 워낙 조심성이 있어 나를 보거나 냄새를 맡고 내빼기 일쑤였다. 개 인간은 어지간해서는 내 곁을 떠나려 하지 않았다.

처음 한 달 동안 동물 인간들은 나중 상황에 비해 상대적으로 인간에 가까웠다. 내 갯과 친구 외에 한물에게는 심지어 친구의 정을 느끼기도 했다. 자그마한 분홍빛 나무늘보 인간은 내게 야릇한 애정을 내보이며 주위를 얼쩡거렸다. 나를 지루하게 한 원숭이 인간은 다섯 손가락의 강점을 지닌 자신이 나와 동등하다고 생각하는 모양으로 끊임없이 내게 재잘거렸다. 터무니없는 헛소리를 지껄여댔다. 녀석이 나를 즐겁게 한 게 영 없지는 않았다. 새로운 낱말을 조어하는 데 탁월한 능력을 보였다. 녀석은 이름을 붙이는 데 저만의 방식을 가지고 있는 듯했다. 비록 그 적절한 쓰임새와는 거리가 멀었지만. 평범한 생활 일상사를 뜻하는 '작은 생각'과 구별하기 위해 그것을 '큰 생각'이라 불렀다. 어쩌다 녀석이 이해 못 할 말을 내가 할라치면 녀석은 그 말을 한껏 추켜세우며 다시 한번 말해달라고 해서 외워 암기한 다음, 유순한 동물 인간들을 빠짐없이 찾아가서 군데군데 엉터리로 반복해서 들려주었다. 녀석은 평범하고 쉬운 표현을 업신여겼다. 나는 녀석의 특별한 용도를 위해 아주 신기한 '큰 생각'을 몇 개 지어주었다. 내가 만나본 중에 제일 멍청한 녀석이었다. 녀석은 그지없이 훌륭한 방식으로 인간 특유의 어리석음을 선보이면서도 원숭이 본래의 아둔함을 조금도 잃어버리지 않았다.

동물 인간들 틈에 나 혼자 섞여 있던 초기에는 그랬다. 그 시기에 그들은 법이 정하는 관습을 존중하고 일반적 예의에 어긋나지 않게 행동했다. 한번은 다른 토끼 한 마리가 갈기갈기 찢어진 채 발견되었다. 하이에나-돼지 인간의 짓이 분명했다. 하지만 그 이상의 일은 일어나지 않았다. 그들의 점증하는 변화를 처음 뚜렷이 감지한 것은 5월 무렵이었다. 말투며 거동이 달라지고 발음이 조악해지고 말하는 걸 싫어했다. 원숭이 인간은 부쩍 말이 많아졌지만 갈수록 알아듣기 힘들고 원숭이의 깩깩거림을 닮아갔다. 다른 몇몇은 말하는 능력을 아예 잃은 듯 보였으나 내 말을 아직은 알아들었다. (한때 또렷하고 정확하고 부드럽고 나직하던 말소리가 그 본래 형태와 의미를 잃고 한갓 뭉뚱그려진 소리로 전락한 것을 독자들은 상상할 수 있겠는가?) 그들은 두 발로 걷는 걸 점점 힘들어했다. 부끄러운 짓인 줄 스스로 알면서도 네발로 뛰어다니는 한두 녀석과 이따금 마주쳤는데 그들은 직립 자세를 영영 회복하지 못했다. 물건을 쥐는 것도 더욱 어설퍼지고 물을 핥아 마시고 먹을거리를 갉아먹고 나날이 천박해졌다. 모로 박사가 말했던 '완고한 동물 신체'의 의미를 나는 절실히 깨달았다. 동물 인간들은 퇴화하고 있었다. 아주 빠르게 퇴화하고 있었다.

그들 일부는, 그러니까 퇴화의 선도자들은 놀랍게도 모두가 암컷들이었다. 그녀들은 대개 의도적으로 품위 의무를 저버리기 시작했다. 수컷들은 심지어 몽고메리가 정한 제도를 공공연히 유린했다. 법 전통은 확연히 강제력을 잃고 있었다. 이 꺼림칙한 주제는 이쯤에서 그치겠다.

개 인간은 눈에 띄지 않게 조금씩 개의 상태로 돌아갔다. 나날이 말이 없어지고 네발로 다니고 털투성이가 되어갔다. 나는 늘 내 오른편을 지키던 단짝이 한 마리 버둥거리는 개로 변하는 과정을 거의 의식하지 못했다.

부주의와 혼란이 날로 도를 더해 거주지 골목이 전혀 감미롭지 못하고 메스껍기만 해서 나는 그곳을 떠났다. 섬을 가로질러 모로 박사의 돌담으로 가서 그 검은 폐허 가운데에 직접 굵은 나뭇가지를 엮어 오두막을 지었다. 동물 인간들에게 아직도 어떤 고통의 기억을 불러일으키는지 그곳이 그나마 안전한 곳임을 차차 알게 되었다.

괴물들의 퇴보 과정을 자세히 설명하기란 불가능하다. 나날이 사람 형상이 그들에게서 빠져나갔다. 붕대와 천을 내팽개치고 마침내 옷이란 옷은 모두 벗어젖혔다. 드러난 팔다리에 털이 수북하게 자랐다. 이마가 쑥 들어가고 안면이 튀어나왔다. 나 홀로 남은 첫 달에 동물 인간 몇몇과 내가 나눈 스킨십을 생각만 해도 오싹한 소름이 끼쳤다.

변화는 느렸고 어김없었다. 그들에게나 나에게나 변화는 현저한 충격 없이 진행되었다. 나는 그때에도 동물 인간들과 안전하게 어울릴 수 있었는데 그 까닭은 나날이 인간성을 격퇴하는 격렬한 동물성이 그들 속에 들어차는 과정이 큰 충격 없이 완만하게 이루어졌기 때문이었다. 하지만 나는 곧 충격이 들이닥칠 것을 두려워하기 시작했다. 세인트버나드 개가 매일 밤 돌담으로 나를 따라와서 불침번을 서준 덕분에 나는 때때로 그럭저럭 평화로운 잠을 이룰 수 있었다. 자그마한 분홍빛 나무늘보 녀석은 쭈뼛쭈뼛 내 곁을 떠나 나뭇가지 위로 기어올라 자연 생활로 되돌아갔다. 우리는 정확히 균형 상태에 처해 있었다. 동물 조련사가 선보이는 한 우리 속 '단란한 가족'과 같은 상황이랄까. 곧 조련사는 영영 떠나버리는데.

물론 독자들이 동물원에서 본 그런 동물들, 가령 평범한 곰이며 늑대, 호랑이, 황소, 돼지, 원숭이 따위로 이 짐승들이 퇴락하지는 않았다. 모로 박사가 한 동물에다 다른 동물을 섞었던 만큼 개체마다 무언가 야릇한 구석이 남아 있었다. 어느 놈은 주로 곰이었고 다른 놈은 주로 고양잇과, 또 다른 놈은 주로 솟과였다. 그 각각에 다른 동물의 모습이 깃들어 있었다. 그러니까 각각의 기질이 혼합된 종합 동물이랄 수 있었다. 그들의 마모된 인간성 편린에 나는 이따금 소스라쳤다. 순간적으로 말을 한다든지 갑자기 앞발을 기민하게 놀린다든지 직립 보행을 애처롭게 시도한다든지 하는 일이 있었다.

나도 예상치 못한 변화를 겪어야 했다. 옷은 누런 누더기가 되어 너덜거렸고 그 찢어진 틈서리로 햇볕에 탄 살갗이 드러났다. 머리털이 자라 텁수룩해졌다. 눈이 이상스레 빛나고 눈 동작이 날렵하고 기민하다는 소리를 지금도 남들에게 듣는다.

처음엔 낮 동안 남쪽 바닷가에서 배를 기다리며 보냈다. 배가 나타나길 바라고 기도했다. 달이 흐르면서 이페카쿠아나호가 들러주길 기대했지만 배는 오지 않았다. 돛을 본 게 다섯 번이고 연기를 세 번 목격했지만 섬으로 다가오는 배는 없었다. 나는 늘 모닥불을 준비하고 있었지만 이 섬이 화산섬으로 알려진 탓인지 연기를 피워봤자 소용없는 모양이었다.

9월인가 10월이 되어서야 뗏목을 만들어야겠단 생각을 했다. 그즈음엔 팔이 나아서 두 손을 다 쓸 수 있었다. 하지만 내 무능함에 치가 떨렸다. 목수 일은커녕 그 비슷한 일조차 해본 적이 없는 나는 실험적으로 나무를 패고 그 나무들을 서로 묶는 작업에 나날을 보냈다. 밧줄도 없고 밧줄 대용으로 쓸 만한 것도 발견하지 못했다. 사방에 널린 넝쿨은 유연하지도 질기지도 않았다. 내가 가진 과학 지식

나부랭이론 밧줄을 만들 재간이 도저히 없었다. 2주 넘게 돌담 안 검은 폐허와 배들이 산산이 타버린 해변 주위를 뒤지면서 쓸 만한 못이나 다른 쇠붙이 조각을 찾아내었다. 가끔 어떤 동물 인간이 나를 지켜보다가 내가 외쳐 부르면 후다닥 달아났다. 천둥 치고 폭풍우 휘몰아치는 계절에 접어들면서 내 작업이 상당히 지체되었지만 마침내 뗏목이 완성되었다.

나는 몹시 기뻤다. 그런데 나를 늘 곤경에 빠뜨렸던 요령 부족이 이번에도 바다에서 2킬로미터쯤 떨어진 지점에 뗏목을 만드는 우를 범한 것이다. 해변으로 끌고 내려가는 도중에 뗏목이 산산이 분해되었다. 그 허술한 뗏목을 띄우지 않은 것만 해도 다행이었지만 그때는 그 실패가 너무 처참하고 쓰라려 한동안 해변에서 울적한 심사로 마냥 바다를 바라보며 죽음을 생각했다.

하지만 죽음을 시도하지는 않았다. 그렇게 멍청히 세월을 흘려보내고 있는데 어떤 사건이 생기는 통에 나는 정신이 번쩍 들었다. 하루하루 동물 인간들의 위협이 커진 터였다.

돌담 벽 그림자 밑에 누워 바다를 바라볼 때였다. 어떤 선득한 것이 내 발꿈치를 건드리는 바람에 깜짝 놀란 나는 화들짝 몸을 일으켰다. 자그마한 분홍빛 나무늘보 녀석이 내 얼굴을 빤히 쳐다보았다. 녀석은 말과 활달한 몸놀림을 잃은 지 오래였다. 날마다 털이 수북하게 자라고 뭉뚝한 발톱이 비뚜름하게 길어졌다. 녀석은 내 시선을 끌게 되었다는 것을 알자 끙끙대는 소리를 내며 덤불 쪽으로 조금 가다가 나를 뒤돌아보았다.

처음엔 무슨 뜻인지 몰랐지만 곧 따라오라는 의미임을 간파한 나는 기어코 따라갔다. 날이 더웠기 때문에 나는 느릿느릿 움직였다. 수풀로 들어가자 녀석은 나무를 기어올랐다. 땅 위를 걷느니보다 치렁치렁한 넝쿨을 타고 가는 게 더 편했던 모양이었다. 돌연 짓밟힌 덤불 지점이 나타나고 나는 거기서 기괴한 것들과 마주쳤다. 세인트버나드 개가 죽은 채 바닥에 쓰러져 있었다. 그 옆에 하이에나-돼지가 웅크리고 앉아 기형의 발톱으로 경련하는 살집을 찍어 누른 채 그 살점을 물어뜯으며 기뻐서 그르렁거리고 있었다. 내가 접근하자 그 괴물은 이글거리는 눈으로 나를 쏘아보았다. 놈의 붉게 물든 이빨 아래위로 물러나 앉은 입술이 씰룩거렸다. 놈은 사납게 으르렁댔다. 두려움도 모르고 부끄러움도 몰랐다. 인간의 마지막 자취까지 걷어치운 놈이었다. 나는 한 걸음 다가서서 권총을 꺼냈다. 마침내 놈과의 정면 대결이었다.

놈은 물러날 낌새가 아니었다. 귀가 쫑긋 일어서고 털이 곤두서고 몸을 움츠리는 놈의 양미간을 겨냥해 총을 쏘았다. 동시에 놈이 나를 향해 껑충 뛰어올랐다. 나는 나무토막처럼 뒤로 넘어갔다. 놈이 변형된 한 손으로 나를 움켜잡으며 내 얼굴을 들이질렀다. 놈의 몸이 내 몸을 덮었다. 나는 놈의 하반신에 깔렸다. 그러나 다행히도 나는 빗맞히지 않았고 놈은 껑충 뛰는 순간에 죽음을 맞이했다. 놈의 부정(不淨)한 몸집 밑에서 기어 나와 비틀비틀 일어난 나는 경련하는 놈의 몸뚱이를 내려다보았다. 하나의 위험이 사라졌다. 그러나 그것은 앞으로 닥칠 시련의 시발에 불과함을 나는 알고 있었다.

그 사체 두 구를 모닥불에 화장했다. 이제 이 섬을 떠나지 않는 한 나의 죽음은 시간문제였다. 그즈음 동물 인간들은 한둘을 빼고는 바윗골을 떠나 각자에게 맞는 은신처를 숲속에 마련했다. 낮에 어슬렁거리는 놈은 별로 없고 대부분이 잠을 잤다. 누가 와서 봤더라면 적막한 섬으로 오인했으리라. 하지만 밤에는 놈들의 부르짖음과 으르렁거림으로 살기가 감돌았다. 나는 그들을 살육하고 싶었다. 덫을 놓고 칼로 격투하고 싶었다. 나에게 충분한 총알이 있었더라면 당장 살육에 나섰으리라. 위험한 육식동물은 스물이 될까 말까 했다. 그중에서 제일 용맹한 놈은 이미 죽었다. 불쌍한 나의 개, 내 마지막 친구의 죽음 이후론 밤을 경계하려고 낮에 잠을 자두는 버릇을 들였다. 돌담 안의 오두막을 고쳐 지어 출입구를 좁게 내서 누군가가 침입하는 경우 상당한 소음이 나도록 했다. 동물 인간들은 불 지피는 법을 잊어버려 불을 도로 무서워했다. 나는 다시 한번 탈출하려고 막대 토막과 나뭇가지를 못으로 이어 붙여 뗏목 만드는 작업에 거의 미친 듯이 착수했다.

무수한 난관에 봉착했다. 나는 공작 교육 시대가 열리기 전에 학교 교육을 마쳤으므로 손재주가 전혀 없었다. 하지만 뗏목이 갖추어야 할 요건을 좀 서툴고 이런저런 시행착오를 거치기는 했지만 마침내 대부분 충족할 수 있었다. 이번엔 견고성에 신경을 썼다. 난감한 유일한 난관은 저 막막한 바다를 나아가자면 물이 필요한데 그 물을 담을 용기가 없다는 점이었다. 도자기를 만들려고도 했지만 섬에는 점토가 없었다. 나는 죽을상을 하고 섬을 돌아다니며 이 마지막 난관을 타개하려고 발버둥쳤다. 어떤 땐 울분이 폭발해 애꿎은 나무를 찍고 난도질하는 식으로 분풀이를 했다. 하지만 대책이 없었다.

그러던 어느 날이었다. 황홀경에 빠져 보낸 기쁜 하루였다. 남서쪽으로 돛이 보였다. 스쿠너의 돛처럼 작은 돛이었다. 즉시 나는 모닥불을 엄청나게 피우고는 그 옆에 붙어 있었다. 모닥불 열기와 한낮 햇볕 속에 서서 지켜보았다. 하루 종일 그 돛을 지켜보며 식음을 전폐하자 머리가 어질어질해졌다. 동물들이 나타나 호기심에 찬 눈초리로 나를 쏘아보다가 떠났다. 돛은 여전히 멀리 있었고 밤이 다가와서 돛을 삼켜버렸다. 밤새도록 모닥불을 키우고 밝히느라 고생했다. 동물들의 눈이 어둠 속에서 경이롭게 빛났다. 새벽에 돛이 가까워졌다. 조각배의 더러운 사각돛이었다. 배의 움직임이 수상했다. 장시간 지켜보느라 눈이 피곤했던 나는 배 안을 들여다보고는 내 눈을 믿을 수 없었다. 배에 두 사내가 있었다. 앉은 듯 누운 듯한 자세로 한 명은 뱃머리에 다른 한 명은 타륜에 있었다. 선수는 바람을 타지 않은 채 이리저리 흔들리며 멀어져갔다.

날이 밝아오자 나는 단벌 누더기 윗옷을 벗어 흔들었다. 사내들은 나를 보지 못하고 가만히 앉아 서로를 마주 보고 있었다. 나는 그 야트막한 곶 맨 끝으로 가서 몸짓하며 소리쳤다. 응답은 없었다. 배는 정처 없는 항적을 그리며 천천히, 아주 천천히 만으로 들어왔다. 갑자기 거대한 흰 새 한 마리가 배에서 날아올랐다. 사내들은 움직이지도 새에 주목하지도 않았다. 새는 빙빙 돌다가 갑자기 큰 날개를 펼쳐 내 머리 위 상공을 휙 지나갔다.

나는 외침을 멈추고 곶에 앉아 턱을 양손에 괴고 지켜보았다. 천천히, 천천히 배가 서쪽으로 멀어졌다. 배까지 헤엄쳐갈까도 생각했지만 어떤 서늘하고 막연한 공포가 나를 말렸다. 오후에 배가 조수에 밀려와 돌담집 폐허 서쪽 100미터 지점에 닿았다. 배 안의 사내들은 죽어 있었다. 죽은 지 오래였다. 내가 뱃전으로 해서 사내들을 끌어내자 그 시체가 바스러졌다. 한 명은 놀랍게도 이페카쿠아나호 선장과 같은 빨간 머리였다. 불결한 흰 모자 한 개가 배 바닥에 떨어져 있었다.

그렇게 내가 배 옆에 서 있는데 동물 셋이 슬금슬금 숲에서 나와 코를 킁킁거리며 다가왔다. 나는 발작적 혐오감에 사로잡혀 조각배를 물가로 밀쳐 넣고 배에 기어올랐다. 두 짐승은 늑대 족속으로 코를 벌름거리고 눈을 반짝이며 다가왔다. 다른 한 놈은 무시무시하고 불가사의한 곰과 황소의 복합 동물이었다. 놈들은 그 비참한 시체에 접근하면서 서로 으르렁거리고 이빨을 번뜩였다. 혐오감이 물러가고 극도의 공포감이 들이닥쳤다. 나는 놈들을 등지고 돛을 내리고는 노를 저어 바다로 나아갔다. 뒤돌아볼 엄두가 나지 않았다.

그날 밤 나는 산호초와 섬 사이에 있다가 이튿날 아침 빙 돌아 개울로 가서 빈 나무통에 물을 채웠다. 그러곤 최대한 침착하게 열매를 많이 따 모은 다음 마지막 남은 총알 세 발로 토끼 두 마리를 급습해 죽였다. 그동안 배는 동물 인간들에게 발각될까 봐 산호초 안쪽 돌출부에 잡아매어두었다.

22. 고독 속에서

저녁에 나는 섬 남서쪽에서 배를 띄워 미풍을 타고 천천히, 꾸준하게 바다로 나갔다. 섬이 점점 작아졌다. 뭉글뭉글 피어오르는 연기가 작열하는 석양을 배경으로 점차 가늘어져 실선처럼 보였다. 야트막하고 어둑한 천 쪼가리 같은 섬이 해수면 저편으로 사라졌다. 하늘에서 뿜어져 나오는 일광, 비껴 깔리는 태양의 잔광이 무슨 빛나는 장막처럼 걷혀갔다. 이윽고 나는 햇빛이 사라진 광대무변한 푸른 심연을 올려다보았다. 별들이 무리 지어 흘러가고 있었다. 바다는 조용했다. 하늘도 조용했다. 밤과 고요 속에 나는 혼자였다.

그렇게 사흘을 떠다녔다. 먹을 것과 마실 것을 아껴가며 내게 일어났던 일들을 빠짐없이 곰곰이 돌이켜보았다. 사람들을 보고 싶다는 염원은 그리 간절하지 않았다. 불결한 누더기 하나를 걸치고 검은 머리털이 뒤엉켜 있었으니 나를 발견한 사람들은 나를 광인으로 여긴 게 틀림없다.

이상하게도 나는 인간 세상으로 돌아가고픈 욕망이 없었다. 불결한 동물 인간들과 결별하게 되어 기쁠 따름이었다. 표류 사흘째 날 아피아*에서 샌프란시스코로 가는 쌍돛 범선에 구조되었다. 선장과 항해사는 고립과 위험 때문에 내가 미쳤다고 보고 내 얘길 믿으려 하지 않았다. 다른 사람들의 의견도 별다르지 않을 것 같아 불안해진 나는 더는 내 모험담을 발설하지 않고 대신 레이디베인호의 난파 때부터 구조된 시기까지의 한 해 동안 내게 무슨 일이 일어났는지 전연 기억나지 않는다고 잡아뗐다.

나는 정신 이상으로 의심받지 않으려고 주의에 주의를 거듭해 행동했다. '법'이며 죽은 뱃사람 둘, 어두운 덤불 속에 도사린 위험, 갈대숲 속 시체에 대한 기억이 나를 따라붙었다. 인간 세상에 돌아왔지만 기대한 자신감과 위안을 얻기는커녕 그 섬에 머물면서 겪은 불안과 공포가 희한하게도 오히려 커졌다. 아무도 나를 믿어주지 않았다. 동물 인간들에게 내가 이상하게 보였듯 세상 사람들에게도 내가 이상하게 여겨지는 모양이었다. 동물 인간들의 타고난 야생성이 내게 일부 옮았을는지도 모르겠다. 공포는 병이라고들 말한다. 최근 몇 년간 부단한 공포가 내 마음속에 깃들어왔으니만큼 나는 그 말이 옳음을 보증한다. 어중간하게 길든 새끼 사자가 느낄 법한 부단한 공포였다.

내 병은 기이한 형태를 띠었다. 내가 만나는 남자들과 여자들이

---

* 서사모아의 수도

또 다른 동물 인간이 아닐까 하는 의구심이 드는 걸 나로서도 어쩔 수 없었다. 사람의 겉모습을 띠도록 만들어진 동물 인간들인데 머잖아 이런저런 짐승 표식을 내보이며 퇴보할 듯 여겨졌다. 나는 내 이야기를 초면의 전문가에게 털어놓았다. 모로 박사를 알았던 정신 의학자로 얼마간 내 얘길 믿어주는 듯했다. 그에게서 큰 도움을 받아 왔지만 그 섬의 공포가 깡그리 떨쳐지리라곤 기대하지 않는다. 평소 그 공포는 마음속 깊숙한 곳에 어렴풋한 한 점 구름이나 하나의 기억 덩어리, 혹은 희미한 의혹으로 자리 잡고 있다가 이따금 그 구름 한 점이 뻗쳐 나와 온 하늘을 덮어버리는 때가 있다. 그러면 나는 내 동포들을 둘러보고는 두려움에 빠져든다. 날렵하고 밝은 얼굴들, 무표정하고 위험한 얼굴들, 단정치 못하고 불성실한 얼굴들을 지켜본다. 그들 중 이성적 정신의 차분한 소유자는 아무도 없다. 그들에게 동물성이 휘몰아치는 듯 보인다. 머잖아 여기 섬나라 사람들의 퇴화가 대규모로 재연될 것처럼 보인다. 이게 망상임을 나는 안다. 사람 형상을 한 주위 남자와 여자들은 진짜 남자와 여자들이다. 변치 않는 남자와 여자 들이고 완벽하게 이성적인 존재들이며 인간의 욕망과 사소한 걱정거리로 가득 찬 사람들이다. 본능으로부터 자유롭고 황당무계하지 않은 법의 노예들이라 동물 인간들과는 전연 다르다. 그럼에도 나는 그들을 피한다. 그들의 호기심 어린 눈빛과 그들의 질문과 그들의 도움을 피하고 그들에게서 벗어나 혼자 있고 싶어 한다. 그런 이유로 나는 탁 트인 백악(白堊) 언덕 근처에 살고 있다. 공포의 구름이 내 마음을 덮을 때면 그리로 달아날 수 있으므로. 바람 부는 하늘 아래 탁 트인 언덕은 무엇보다 감미롭다.

런던에 살 때는 공포를 감당하기 힘들었다. 사람들에게서 달아날 수가 없었다. 목소리가 창문을 뚫고 날아들고 문을 모조리 잠가도 안심이 되지 않았다. 내 망상과 싸우려고 길거리로 나설 때면 먹잇감을 찾아 헤매는 여자들이 야옹야옹 나를 뒤따르고, 수상쩍고 탐욕스러운 남자들이 나를 질시하듯 힐끗거렸다. 지치고 파리한 노동자들이 부상당해 피 흘리는 사슴처럼 피곤한 눈을 하고 기침하며 빠르게 나를 지나치고, 꾸부정하고 활기 없는 노인네들이 중얼중얼 혼잣말하며 지나갔다. 놀려대며 치근거리는 남루한 아이들에겐 아무도 신경 쓰지 않았다. 그러다가 나는 옆으로 비켜 예배당으로 들어가곤 했다. 거기에서도 불안감이 커졌다. 목사가 원숭이 인간이 그랬던 것처럼 '큰 생각'을 깩깩거렸다. 도서관에 가보면 열심히 책을 들여다보는 얼굴들이 미래의 먹잇감을 찾아 헤매는 끈기 있는 족속들처럼 비쳤다. 특히 욕지기나는 것은 기차간과 승합마차 안의 무표정하고 멍한 사람들의 얼굴이었다. 그들은 내 동포가 아니라 시체 그 자체여서 나는 사람들과 섞일 것 같으면 여행을 지레 포기했다. 나조차도 이성적인 존재가 아니라 어떤 이상한 뇌장애 수술을 받고 혼자 방황하도록 결정된 한 마리 짐승같이 느껴졌다. 운도병(暈倒病)*에 걸린 양처럼 말이다.

요즘은 감사하게도 그런 심정에 빠져들 때가 좀 드물어졌다. 나는 번잡한 도시와 군중에게서 빠져나와 지혜로운 책들에 둘러싸여

---

* 양 같은 초식 동물이 주로 걸리는 질병으로, 촌충 유생 즉 다두조충(多頭條蟲)이 뇌에 감염하여 발생한다. 비틀거리는 걸음걸이가 그 증세다.

나날을 보낸다. 우리들이 사는 세상의 창을 밝히는, 인류의 빛나는 지성들이 밝혀놓은 책들 말이다. 낯선 사람을 볼 일은 별로 없고 단출한 식솔뿐이다. 책을 읽고 화학 실험을 하는 데 나날을 보낸다. 청명한 밤이면 천문학 연구에 몰두한다. 하늘의 반짝이는 별들로부터 한없는 평온과 위안을 얻는데 그 까닭을 나도 모르겠다. 우리가 찾아야 할 우리 내부의 동물성 이상의 어떤 것, 그 위안과 희망은 우리들 일상사와 속악과 고민거리에서가 아니라 저 광대 불변한 법칙에서 찾아야 하리라. 나는 그런 희망 없이는 살지 못한다.

그렇게 희망과 고독 속에서 내 얘기를 마친다.

에드워드 프렌딕

주석

이 이야기의 핵심 개념을 담은 장(章)인 '모로 박사, 설명하다'의 요지는 〈새터데이 리뷰〉 1895년 1월호의 한 문학 수필에 실렸다. 그 기사는 이 소설의 일부분에 지나지 않으며 그것도 이야기 형식에 맞도록 전적으로 고쳐 썼다.

작품 해설

허버트 조지 웰스

그러나 우주 심연 저편에서 짐승의 마음을 닮아 타락한 인간, 그 인간의 마음을 닮아 지능이 월등하고 냉혹하고 무자비한 존재들이 우리 지구를 질시 어린 눈으로 주시하며 우리를 공격할 계획을 천천히, 그러나 확실히 세우고 있었다. 그리고 인류는 20세기 초에 대오 각성했다.

—《우주 전쟁》1장

허버트 조지 웰스는 1866년 9월 21일, 잉글랜드 켄트주 브롬리에서 귀족의 하녀인 사라 닐과, 상점 주인이자 크리켓 선수 출신의 조지프 웰스 사이에서 네 명의 자식 중 막내로 태어났다. 웰스 집안은 몹시 가난했고 행복한 가정은 아니었다. 부모는 머잖아 갈라섰지만 재혼은 하지 않았다.

어려서부터 웰스는 책 읽기를 무척 좋아했다. 학교를 몇 년 다녔으나 돈이 없어 그만두고 취직을 해야 했다. 부친이 다리를 다쳐 크리켓을 더는 할 수 없었고 웰스의 학비도 댈 수 없었기 때문에 웰스는 열네 살 나이에 어느 포목점의 도제로 들어갔다. 이때의 경험이 훗날 작품의 소재가 되는데 일례로《킵스(*Kipps*)》(1905)에서는 포목점의 도제인 고아 출신 아서 킵스가 막대한 유산을 물려받고 속성 교육을 받은 끝에 상류 계층으로 신분 상승한다.

1883년 웰스는 런던의 과학사범학교에 장학생으로 들어가서 장차 글쓰기에 도움이 되는 흥미로운 분야를 접한다. 올더스 헉슬리의 조부인 토머스 헨리 헉슬리 밑에서 생물학과 진화론을 공부하게 되었다.《모로 박사의 섬(*The Island of Doctor Moreau*)》(1896)을 비롯한 그의 몇몇 작품들은 우생학, 과학 실험 윤리, 다윈의 이론, 종교 문제 등을 다루어 여러 차례 영화로 제작되었다.

> 이 섬의 고통스러운 혼돈을 모르는 체하는 이 세상의 이성에 신뢰를 잃었다고 고백하지 않을 수 없다. 어떤 맹목적인 숙명이, 어떤 한없이 비정한 메커니즘이 존재의 양상을 칼질하고 빚는 것 같았다. 나와 연구에 미친 모로와 술에 미친 몽고메리와 본능과 정신적 족쇄에 묶인 동물 인간들은 멈춤 없는 숙명의 수레바퀴의 무한한 복잡성에 치여 무자비하게, 어김없이 찢기고 짓이겨졌다.
>
> —《모로 박사의 섬》16장

웰스는 학위를 따기 위한 요건을 충족하지 못해 장학금 혜택을 받지 못하게 되는데 이 때문에 돈에 쪼들려 삼촌과 숙모가 사는 런던의 피츠로이로(路)로 옮겼다. 시간을 쪼개 가정교사 일을 하며 틈틈이 삼촌의 학교에서 공부했다. 같이 살던 사촌인 이사벨 메리와 1891년 결혼해서 4년 뒤에는 이혼하고 자신의 학생인 아미 크리스틴 로빈스 제인과 1895년 결혼해서 아들 둘을 두었다. 결혼 생활을 하면서도 웰스는 다수의 여인과 정분을 나누었는데 작가인 앰버 리브스는 1909년 그의 딸을 낳았고 1914년에 작가이자 페미니스트인 레베카 웨스트는 그의 아들을 낳았다.

웰스는 한동안 쓴 소설을 1895년에 출간했다.《삼촌과의 대화(*Select Conversations with an Uncle*)》에 이어《타임머신(*The Time Machine*)》,《멋진 방문(*The Wonderful Visit*)》, 단편집《콜레라균 도둑과 다른 이야기(*The Stolen Bacillus and Other Incidents*)》를 발표하고 1896년에는 소품집《어떤 개인적인 일들(*Certain Personal Matters*)》을, 1897년에는《투명인간(*The Invisible Man*)》을 출간했다.

> 인류 지성의 꿈이 얼마나 덧없었는지를 생각하니 서글펐다. 지성은 자살한 것이다. 끊임없이 편리와 안락을 추구하고 안전과 영속(永續)을 모토로 한 조화로운 사회를 모색한 인류 지성은 마침내 그 이상에 도달했으나 결국 이렇게 되고 말았다.
>
> —《타임머신》10장

《잠에서 깨어나 보니(*When the Sleeper Wakes*)》(1899)에 이어《사랑

과 루이셤 씨(*Love and Mr. Lewisham*)》(1900), 달에 사는 거대 벌레를 닮은 외계인들과 인간의 교류를 유머러스하게 그리면서 인간의 호전적, 제국주의적 성향을 날카롭게 풍자한《달세계 최초의 인류(*The First Men in the Moon*)》(1901), 2000년의 세계는 어떤 모습일까를 그려낸 베스트셀러《예상(*Anticipations*)》(1901)을 출간했다. 이듬해에 웰스는 사회주의 단체인 페이비언 협회에 가입하지만 조지 버나드 쇼와 언쟁을 벌인 끝에 탈퇴했다. 1905년에는《현대 유토피아》를 발간했다.

> 인간은 부자연한 동물이고 자연의 악동이다. 자신을 길러주는 자연의 비정하고 변덕스러운 손길에 갈수록 대든다.
>
> —《현대 유토피아》5장

웰스는 정치며 자유주의, 민주주의, 사회제도에 관한 픽션과 논픽션 수필, 기사를 정력적으로 발표했는데《토노 벙게이(*Tono-Bungay*)》(1909),《방바닥에서 하는 놀이들(*Floor Games*)》(1911),《위대한 국가(*The Great State: Essays in Construction*)》(1912),《세계를 고찰하는 한 영국인(*An Englishman Looks at the World*)》(1914),《전쟁을 없애기 위한 전쟁(*The War That Will End War*)》(1914) 등이 있다.《세계사 대계(*The Outline of History*)》(1920)를 출간하고 나서 현대의 바쁜 일반 독자의 요구에 부응하기 위해《간략한 세계사(*A Short History of the World*)》(1922)를 출간했다.

웰스는 동물학자이자 작가인 아들 조지 P. 웰스와 생물학자인 줄

리언 헉슬리(올더스 헉슬리의 형)와 협력해《생명의 과학(*The Science of Life*)》(1930)을 발표하고 같은 해 스위스 제네바에서 인도의 타고르를 만나 현대 문명과 정부, 교육에 관해 동서양을 비교하며 토론했다. 웰스는 급속히 세계 명사가 되어 전 세계를 여행하면서 도처의 지도자와 작가를 만났다.《다가올 세상의 모습(*The Shape of Things to Come*)》(1933)을 발표한 다음, 파시스트 독재자들을 고찰한《신성한 공포(*The Holy Terror*)》(1939)를 출간했다. 같은 해에《새로운 세계 질서(*The New World Order*)》를 출판하고 1945년에《막다른 지경에 이른 정신(*Mind at the End of Its Tether*)》을 내놓았는데 생애 최후의 책이 되고 말았다. 웰스는 1946년 8월 13일 런던의 리젠트 파크의 자택에서 사망했다.《공중 전쟁(*The War In The Air*)》(1908년에 처음 출판되고 1921년에 개정판이 나왔다) 1941년판 서문에 웰스는 이렇게 썼다.

> 20년 전에 내가 한 경고를 독자들이여, 다시 한번 주목해보기 바란다. 그때의 서문에 지금 또 덧붙일 게 있을까? 있다면 내 묘비명뿐이겠지. 때가 되면 꼭 이렇게 새겨야지.
> '그러게 내가 말했잖아. 이 아둔한 사람들아.'

모로 박사의 섬

1896년에 발표한《모로 박사의 섬》을 통해 웰스는 사회와 공동체의 의미, 인간 본성과 정체성, 신 놀음(playing God)과 다원주의를 다루고 있다. 이 작품에 깔린 배경 지식과 관점은 웰스가 과학사범학교를 다니면서 헉슬리 밑에서 생물학과 진화론을 공부하며 습득한 것임을 쉽게 유추할 수 있다. 이 소설이 발표되자 영국의 과학자들은 동물 생체실험을 둘러싼 논쟁에 휘말리게 되고 일부 사람들은 생체실험을 반대하는 조직까지 구성했다. 본 작품 출간 이태 뒤에는 '생체실험을 반대하는 영국인 연합'이 결성되었다.

19세기 말 영국은 급격한 산업화에 뒤따르는 진보와 보수, 노동과 자본, 양심과 제국주의의 총체적 충돌의 장이었다. 민중의 비참한 삶, 노동 운동과 사회주의 운동의 현격한 고양, 아일랜드 자치 문제, 불가리아-터키 사태, 영국의 수단 침공이 야기한 애국주의의 준동, 기독교적 양심을 중시한 글래드스턴과 노골적인 제국주의 정책을 표방한 디즈레일리의 정치적 대결……. 이런 영국 상황에서 하층민의 아들로 태어난 웰스가 억압적 종교를 거부하고 인간의 제국주의적 본성을 규탄하는 한편 인간 본성을 개조하는 방편으로 교육의 중요성을 역설한 것은 어찌 보면 당연하다.

> (부유한 사람들의) 이 배타적 성향은 교육을 많이 받은 그들의 높은 교양 때문에, 그리고 가난한 사람들의 무례한 야만과의 격차가 벌어진 데서 비롯된 게 틀림없다. ……부유층의 고등 교육 과정의 기간과 비용이 증가하고 교양 있는 생활양식에 더욱 매혹되고 그것을 위한 설비가 더욱 늘어나는 데서 비롯되는 이 같은 격차가 더욱 벌어지면…….
>
> —《타임머신》 5장

이 작품은 파격과 흥미로움 때문에 여러 차례 영화화되었는데 1933년에는 〈잃어버린 영혼들의 섬(Island of Lost Souls)〉으로, 1977년에는 원작과 같은 제목으로, 1996년에는 말런 브랜도와 발 킬머가 주연한 〈닥터 모로의 DNA〉(영문 제목은 원작과 같음)로 만들어졌다. 이 작품이 끼친 영향은 상당해서, 〈레몬 박사의 섬〉이나 《스티브 박사의 섬》과 같은 패러디가 출현했고 브라이언 W. 앨디스는 자신의 소설 《모로의 다른 섬(*Moreau's Other Island*)》(1980)에서 모로라는 이름의 박사를 등장시켰다. 앤드루 스완이란 작가는 자신의 모로 시리즈 소설에서 인간과 동물의 합성 존재에 '모로스(moreaus)'라는 이름을 붙이기도 했다.

앨런 무어의 만화책에 등장하는 모로 박사는 원작의 코믹한 후속편이랄 수 있을 정도로 흥미로운데 이 만화에서 모로의('Moreau'는 박사의 성(姓)이고) 이름은 앨폰스라고 하는데 그는 원작에서 겪은 시련을 딛고 용케 살아남는다. 물론 원작에서 웰스가 묘사한 상처를 입은 채로. 박사는 영국 시골에서 실험을 계속하면서 고양이 인간, 곰 인간, 두꺼비 인간, 토끼 인간 등을 만들어낸다. 귀스타브 모로*를 조카라고 언급하기도 한다. 에드워드 프렌딕도 미치광이 아웃사이더로 등장하는데 모로의 동물 인간들에게 끊임없이 감시받는다. 웰스의 《우주 전쟁(*The War of the Worlds*)》(1898)에서 화성인들을 파괴하는 바이러스도 사실은 모로 박사가 만든 것이었다(당시 영국 정부는 이 사실을 은폐했다)고 너스레를 떤다.

---

* Gustave Moreau(1826~1898). 실존 인물로 프랑스 화가

생체실험의 윤리

이 소설의 화자는 방랑벽이 있는 중상류층 독신 남자인 에드워드 프렌딕이고, 서문을 그의 조카가 쓰는 방식을 취했다. 11개월 동안 실종됐다가 갑자기 나타난 주인공의 이 기이한 모험담을 아무도 믿으려 하지 않는다. 남태평양에서 난파선을 탈출한 주인공이 우여곡절 끝에 발을 내디딘 섬, 그 섬에서 벌어지는 이상한 일들, 결국 동물 생체실험으로 밝혀지는 이 일은 책이 출판된 지 한 세기가 훨씬 지난 오늘날에도 시사하는 바가 적지 않다.

동물을 외과술로 뜯어고쳐 인간 비슷하게 만든다는 설정의 현실성은 차치하고라도(가능성 측면에서 보면 《타임머신》보다는 훨씬 현실적이다. 또한 DNA 조작이 가능한 21세기에서라면 더욱 실현성이 있다) 그 동물이 받는 고통과 동물의 생명을 아무렇지 않게 여기는 생체실험의 비정함은 인간의 잔인성을 새삼 되돌아보게 만든다.

> 고통이 눈에 보이고 귀에 들려서 당신이 불편해지니까, 당신 자신이 고통에 시달리니까, 고통이 당신의 죄책감을 불러일으키니까, 당신이 말하자면 동물이니까, 그러니까 동물들이 느끼는 것을 좀 더 뚜렷하게 추측하는 거요.
>
> —〈14. 모로 박사, 설명하다〉

이라크 전쟁의 희생자들이나 과거 미국산 쇠고기 파동의 한편에서 '산업적으로' 잔인하게 도살되는 미국의 소들, 좀 영세하게는 한국의 보신탕용 개들이 어떤 최후를 맞이하는가를 돌이켜보면 '알려지지 않은 고통' 혹은 '피부에 와닿지 않는 고통'은 이미 고통이 아닌 듯도 싶다. 한 생물이 느끼는 고통의 양을 계량할 수 있다면, 그 고통의 크기가 곧 해당 개체의 존엄성 크기라는 요지의 말을 어느 생태학자에게서 들은 듯도 하다. 인간의 존엄성과 개구리의 존엄성을 비교할 순 없겠지만 전자와 개의 존엄성, 혹은 소의 존엄성과는 어느 정도 비견할 수 있지 않을까. 우리들 손가락을 파고드는 가시에는 지대한 관심을 보이지만 모피를 위해 살해되는 동물에는 상대적으로 무관심한 게 사실이다. 고통은 마취제를 쓰면 없앨 수 있겠지만 그 고통과는 별개로 생명 그 자체의 존엄성도 생각하지 않을 수 없다. 이 생각의 양극에는, 모든 생명은 단순한 원자들의 집합일 뿐이므로 인간을 포함한 모든 생물은 전혀 존엄하지 않다는 허무한 결론과, 인간은 먹이사슬에 충실할 뿐이라는 현실론이 버티고 있을 것이다. 인간도 결국에는 대자연(Mother Nature)이라는 먹이사슬의 최상위 존재(지진 등 자연 재앙)나 스스로 쌓아 올린 문명(교통 수단, 건축물 등)에 희생되고 있지 않은가.

과거 '황우석 박사 사태'는 뒤늦게나마 한국 과학계에 연구 윤리의 중요성을 일깨워주었다. 우리의 오랜 병폐였던, 과정보다 결과를 중시하는 풍토는 웰스가 경고했던 원자폭탄의 위험처럼 우리에게 치명적인 부메랑으로 날아올 수 있다.

인간 본성과 정체성

이 작품에서 모로 박사가 개조해서 만든 '반쯤 인간화된 동물' 혹은 '반쯤 동물인 인간'은 과연 인간일까? 언어 구사 능력과 사고 능력, 직립보행을 인간만의 특징으로 본다면 모로 박사의 피조물들도 인간이랄 수 있다.

그들의 단순한 존경법은 상대에게 치명적 상처를 입히는 능력에 주로 기반하고 있었다.

—〈21. 동물 인간들의 회귀〉

공격력의 크기에 따라 서열이 정해지는 동물 세계와, 권력과 부의 크기에 따라 존경받는 인간 세상이 별반 다르지 않아 보이는 것은 비단 역자만의 시각은 아닐 것이다. 배려심이나 연민 같은 따스한 감정이야말로 인간의 전유물이랄 수 있겠지만 타종에는 말할 것도 없고 동종 인간에 대해서도 날로 무관심하고 싸늘해지는 요즈음을 생각해보면 꼭 그렇지만도 않은 것 같다. SF 영화에 종종 등장하는, 판단 능력을 갖추고 신체 구조도 인간과 비슷한 로봇은 그럼 인간인가?

남자와 여자가 기쁨과 고통에 몰두하는 이 습성은 말이오, 프렌딕, 짐승의 표식에 불과하오……. 그들이 애초에 짐승이었다는 표식에 불과하오! 고통, 고통과 기쁨은 우리가 진창에서 몸부림치는 동안에나 필요한 거요.

—〈14. 모로 박사, 설명하다〉

어쩌면 인간이냐 아니냐를 따지는 것보다 인간의 불완전성을 솔직히 인정하고 진정한 인간의 면모를 찾아나가는 것이 더 중요하지 않을까 싶다.

종교와 제국주의

"그들의 죄악은 나날이 커지리라. 시기가 무르익을 때까지 어리석게 살도록 그들을 내버려두자꾸나. 내가 주인임을 그들이 모르게 하라."

"주인님의 계획은 감미롭습니다."

—〈21. 동물 인간들의 회귀〉

충복인 개 인간을 남겨두고 모조리 죽이겠다는 작중 '나'의 발언은 물론 기독교와 최후의 심판을 희화화한 것이지만 웰스는 본 작품에서 종교를 노골적으로 풍자하고 있다. 새로운 인간형을 창조하는, 조물주 이미지의 축소판인 모로 박사가 결국 참담한 파국을 맞이하는 것을 보고 "그 봐, 신을 함부로 흉내 내면 그렇게 되잖아" 하고 생각할 종교인들도 있겠지만 뒷부분에서 프렌딕이 자신의 생존을 위해 예수를 본뜨는 모습에 불편함을 느낄 수도 있겠다. 종교가 가지는 억압성과, 종교의 이상이 현실과 동떨어진 점에 일찌감치 실망하고서 현실 사회주의 노선을 추구하게 된 웰스의 관점이 오롯이 노출된 부분으로 볼 수 있다.

아울러 동물 인간들이 숭앙하는 '법(law)'이라는 존재도 점차 동물 본능으로 회귀하는 그네들 입장에선 '이래라저래라 하는' 귀찮은 것에 불과하다. 인간 사회에서의 법의 태동과 성장을 동물 인간들의 '법'을 통해 간략하게나마 더듬어보는 것도 흥미롭다. 인간끼리의 '상호 안전을 위한 규약'으로 생겨났을 법이 현대에 접어들면서 지나치게 복잡해져 인간의 일거수일투족까지 감시하고 있다는 느낌을 지울 길 없다.

나는 그들을 살육하고 싶었다. 덫을 놓고 칼로 격투하고 싶었다. 나에게 충분한 총알이 있었더라면 당장 살육에 나섰으리라.

—〈21. 동물 인간들의 회귀〉

혼자 남게 된 프렌딕은 자신의 생존을 위해 위험한 동물 인간들을 몇몇 죽이기도 한다.《우주 전쟁》에선 적대자(화성인)가 워낙 강력해서 주인공이 쉽게 죽일 수 없었겠지만 좀 만만한《타임머신》의 몰록들과《모로 박사의 섬》의 동물 인간들은 주인공에게 수난을 겪는다. 어떻게 보면 가장 난폭한 자는 주인공 자신이랄 수도 있다.

모로와 프렌딕의 면모는 당시 영국의 제국주의를 빼닮았다. 이 책 출간 10여 년 전에 수단에서 영국을 반대하는 이슬람 봉기가 일어났는데 1885년 고든 총독이 살해되는 사건이 발생했다. 이때 영국인들은 지원군 파견을 주저한 글래드스턴 내각을 맹비난하면서 '하르툼의 고든'을 순교한 군인 성자로 떠받들었다.

그들 중 이성적 정신의 차분한 소유자는 아무도 없다. 그들에게 동물성이 휘몰아치는 듯 보인다. 머잖아 여기 섬나라 사람들의 퇴화가 대규모로 재연될 것처럼 보인다.

—〈22. 고독 속에서〉

어쩌면 웰스는 애국주의에 경도되어 쉽게 흥분하는 동포들의 모습에서 모로 박사가 창조한 동물 인간들을 떠올렸는지도 모른다.

하늘의 반짝이는 별들로부터 한없는 평온과 위안을 얻는데 그 까닭을 나도 모르겠다. 우리가 찾아야 할 우리 내부의 동물성 이상의 어떤 것, 그 위안과 희망은 우리들 일상사와 속악과 고민거리에서가 아니라 저 광대 불변한 법칙에서 찾아야 하리라. 나는 그런 희망 없이는 살지 못한다.

—〈22. 고독 속에서〉

웰스는《타임머신》의 에필로그에서와 마찬가지로 이 작품에서도 한 줄기 희망을 품으면서 끝을 맺는다. 그리고 그 이태 뒤에 '하늘의 반짝이는 별들' 중 하나에서 화성인이 나타나 인간을 섬멸하는《우주 전쟁》을 쓴다.

옮긴이

허버트 조지 웰스 연보

1866년 9월 21일, 영국 켄트주 브롬리에서 아버지 조지프 웰스와 어머니 사라 닐 사이에서 넷째이자 막내로 태어났다.

1881년 약국에서 점원으로 일하며 그래머스쿨에서 수업을 받았다. 곧 약국을 그만두고 포목점에서 수습 점원으로 일했다.

1883년 미드허스트 그래머스쿨의 교생으로 채용되었다. 자연과학과 경제학 서적을 폭넓게 읽으며 과학 교육 분야 국가시험에 응시하기 위해 준비했다.

1884년 런던의 과학사범학교(훗날 임페리얼 칼리지에 속한 왕립과학원)에 정부 장학생으로 선발되어 입학했다. 당시 사범학교의 학장이던 토머스 헨리 헉슬리(올더스 헉슬리의 조부)의 생물학과 동물학 강의를 수강했다.

1886년 과학에서 우수한 성적을 거두는 동시에 문학과 정치 문제에도 관심을 갖게 되었고, 사회주의 집회에 참석하기도 했다.《사이언스 스쿨 저널》을 창간했다.

1887년 지질학 최종 시험에 낙제해 장학생 자격을 잃고 학위를 받지 못한 채 사범학교를 떠났다. 웨일스 북부 홀트 아카데미에 교사로 취업했으나 교내 축구 시합에서 신장 파열과 폐출혈 등 큰 부상을 당해 직장을 그만두었다. 이후 치료를 받으며 글쓰기에 몰두했다.

1888년 런던의 헨리 하우스 학교에 교사로 채용되었다.《사이언스 스쿨 저널》에 소설《크로닉 아르고호(*The Chronic Argonauts*)》를 연재했다.

1890년 런던대학교에서 이학사 시험을 치러 생물학은 제1급 우등으로, 지질학은 제2급으로 합격했다. 동물학회 특별 회원으로 선정되었고, 통신교육대학교에 생물학 교사로 채용되었다.

1893년 폐출혈이 재발해 교사 일을 그만두고 집필에만 전념하기로 결심했다.

1894년 훗날《타임머신》이 될 일곱 가지 이야기가 일간지 〈내셔널 옵서버〉에 3월부터 6월까지 연재되었다.

1895년 과학 소설《타임머신》이 잡지《뉴 리뷰》에 1월부터 5월까지 연재되고 5월에 책으로 출간되었다.

1896년 조지 기싱을 만났다. 두 번째 과학 소설《모로 박사의 섬》과 가정 소설《우연의 바퀴(*The Wheels of Chance*)》를 출간했다.

1897년 과학 소설《투명인간》을 출간했다.

1898년 폐출혈이 재발해 요양하던 중 헨리 제임스, 조지프 콘래드, 포드 매덕스 포드, 스티븐 크레인을 만났다. 기싱과 함께 이탈리아를 여행했다. 《우주 전쟁》을 출간했다.

1901년 과학 소설 《달세계 최초의 인류》와 사회과학서 《예상》을 출간했다.

1903년 사회주의 조직인 페이비언 협회에 가입했다. 조지 버나드 쇼, 시드니 웨브, 비어트리스 웨브, 버넌 리를 만나 교우했다.

1906년 미국에서 강연과 여행을 하고 막심 고리키, 시어도어 루스벨트, 부커 T. 워싱턴을 만났다. 소설 《혜성의 시대(*In the Days of the Comet*)》와 논픽션 《미국의 미래(*The Future in America*)》, 《사회주의와 가족(*Socialism and the Family*)》 등을 출간했다.

1908년 버나드 쇼, 웨브 부부와 사이가 틀어져 페이비언 협회를 탈퇴하고 소설 《공중 전쟁》과 논픽션 《구세계를 위한 신세계(*New World for Old*)》 등을 출간했다.

1920년 러시아를 방문해 레닌과 트로츠키, 고리키 등을 만났다. 논픽션 《어둠 속의 러시아(*Russia in the Shadow*)》와 《세계사 대계》를 출간해 엄청난 인기를 얻었다.

1922년 《간략한 세계사》와 《세계사 대계》 개정판을 출간했다. 노동당에 입당해 하원 의원 선거에 나갔으나 낙선했다.

1923년 하원 의원 선거에 재출마해 또다시 낙선했다. 프로방스에서 겨울을 보내며 소설 《인간은 신을 좋아한다(*Men Like Gods*)》, 《꿈(*The Dream*)》을 비롯해 논픽션도 여러 권 출간했다.

1930년 아들인 조지 필립 웰스, 줄리언 헉슬리(올더스 헉슬리의 형)

와 함께《생명의 과학》을 출간했다. 이듬해 당뇨병 진단을 받았다.

1933년 소설《다가올 세상의 모습》(훗날 영화로 제작되어 1936년〈다가올 세상(Things to Come)〉이라는 제목으로 개봉)을 출간했다. 세계적인 작가 단체 '펜클럽' 회장이 되었다.

1934년 소련과 미국을 방문해 스탈린과 루스벨트를 만났다.《자서전의 실험(*An Experiment in Autobiography*)》을 출간했다.

1940년 독일군이 런던을 폭격하는 중에도 런던에 남아 있다가 가을에 미국으로 강연 여행을 떠났다. 논픽션《인간의 권리(*The Rights of Man*)》와 소설 여러 편을 출간했다.

1941년 마지막 소설인《조심하는 게 상책(*You Can't Be Too Careful*)》과 논픽션《새로운 세계의 안내서(*Guide to the New World*)》를 출간했다.

1942년 논픽션《과학과 세계정신(*Science and the World Mind*)》,《시간 정복(*The Conquest of Time*)》,《피닉스(*Phoenix*)》를 출간하고, 동물학 박사 학위 논문을 발표했다.

1943년 이학 박사 학위를 받았다.《크룩스 안사타: 가톨릭교회에 대한 고발장(*Crux Ansata: An Indictment of the Roman Catholic Church*)》을 출간했다.

1944년 에세이《1942년부터 1944년까지(*'42 to '44*)》를 출간했다.

1945년 논픽션《막다른 지경에 이른 정신》을 출간했고, 이후 건강이 악화했다.

1946년 8월 13일 런던의 자택에서 세상을 떠났다.

옮긴이 **한동훈**

1968년 경북 고령에서 태어나 부산에서 자랐다. 단편소설, 희곡, 시나리오 등을 다수 썼으며 희곡《새벽 2시의 알리바이》는 연극〈창작의 조건〉으로 상연되었다. 장편소설과 독립영화 창작에도 의욕을 불태우고 있다. 옮긴 책으로《모로 박사의 섬》,《타임머신》,《골든에이지 미스터리 중편선》,《클래식 미스터리 걸작선》,《빅 보우 미스터리》,《볼드페이트의 일곱 열쇠》,《중국 앵무새》,《공포의 계곡》등 다수가 있다.

모로 박사의 섬

1판 1쇄 발행 2009년 1월 25일
2판 1쇄 발행 2025년 3월 30일

지은이 허버트 조지 웰스 | 옮긴이 한동훈
펴낸곳 (주)문예출판사 | 펴낸이 전준배
출판등록 2004. 02. 11. 제 2013-000357호 (1966. 12. 2. 제 1-134호)
주소 04001 서울시 마포구 월드컵북로 21
전화 02-393-5681 | 팩스 02-393-5685
홈페이지 www.moonye.com | 블로그 blog.naver.com/imoonye
페이스북 www.facebook.com/moonyepublishing | 이메일 info@moonye.com

ISBN 978-89-310-2481-4 04800
ISBN 978-89-310-2365-7 (세트)

• 잘못 만든 책은 구입하신 서점에서 바꿔드립니다.

문예출판사® 상표등록 제 40-0833187호, 제 41-0200044호

■ 문예세계문학선

★ 서울대, 연세대, 고려대 필독 권장 도서 ▲ 미국대학위원회 추천 도서
● 《타임》 선정 현대 100대 영문 소설 ▽ 《뉴스위크》 선정 세계 100대 명저

1 **젊은 베르테르의 슬픔** 괴테 / 송영택 옮김
▲▽ 2 **멋진 신세계** 올더스 헉슬리 / 이덕형 옮김
●▽ 3 **호밀밭의 파수꾼** J. D. 샐린저 / 이덕형 옮김
4 **데미안** 헤르만 헤세 / 구기성 옮김
5 **생의 한가운데** 루이제 린저 / 전혜린 옮김
6 **대지** 펄 S. 벅 / 안정효 옮김
●▽ 7 **1984** 조지 오웰 / 김승욱 옮김
●▽ 8 **위대한 개츠비** F. 스콧 피츠제럴드 / 송무 옮김
●▽ 9 **파리대왕** 윌리엄 골딩 / 이덕형 옮김
10 **삼십세** 잉게보르크 바흐만 / 차경아 옮김
★▲ 11 **오이디푸스왕 · 안티고네** 소포클레스 · 아이스킬로스 / 천병희 옮김
★▲ 12 **주홍글씨** 너새니얼 호손 / 조승국 옮김
●▽ 13 **동물농장** 조지 오웰 / 김승욱 옮김
★ 14 **마음** 나쓰메 소세키 / 오유리 옮김
★ 15 **아Q정전 · 광인일기** 루쉰 / 정석원 옮김
16 **개선문** 레마르크 / 송영택 옮김
★ 17 **구토** 장 폴 사르트르 / 방곤 옮김
18 **노인과 바다** 어니스트 헤밍웨이 / 이경식 옮김
19 **좁은 문** 앙드레 지드 / 오현우 옮김
★▲ 20 **변신 · 시골 의사** 프란츠 카프카 / 이덕형 옮김
★▲ 21 **이방인** 알베르 카뮈 / 이휘영 옮김
22 **지하생활자의 수기** 도스토옙스키 / 이동현 옮김
★ 23 **설국** 가와바타 야스나리 / 장경룡 옮김
★▲ 24 **이반 데니소비치의 하루** A. 솔제니친 / 이동현 옮김
25 **더블린 사람들** 제임스 조이스 / 김병철 옮김
★ 26 **여자의 일생** 기 드 모파상 / 신인영 옮김
27 **달과 6펜스** 서머싯 몸 / 안흥규 옮김
28 **지옥** 앙리 바르뷔스 / 오현우 옮김
★▲ 29 **젊은 예술가의 초상** 제임스 조이스 / 여석기 옮김
▲ 30 **검은 고양이** 애드거 앨런 포 / 김기철 옮김
★ 31 **도련님** 나쓰메 소세키 / 오유리 옮김
32 **우리 시대의 아이** 외된 폰 호르바트 / 조경수 옮김
33 **잃어버린 지평선** 제임스 힐턴 / 이경식 옮김
34 **지상의 양식** 앙드레 지드 / 김붕구 옮김
35 **체호프 단편선** 안톤 체호프 / 김학수 옮김
36 **인간 실격** 다자이 오사무 / 오유리 옮김
37 **위기의 여자** 시몬 드 보부아르 / 손장순 옮김
●▽ 38 **댈러웨이 부인** 버지니아 울프 / 나영균 옮김
39 **인간희극** 윌리엄 사로얀 / 안정효 옮김
40 **오 헨리 단편선** O. 헨리 / 이성호 옮김
★ 41 **말테의 수기** R. M. 릴케 / 박환덕 옮김
42 **파비안** 에리히 케스트너 / 전혜린 옮김
★▲▽ 43 **햄릿** 윌리엄 셰익스피어 / 여석기 옮김
44 **바라바** 페르 라게르크비스트 / 한영환 옮김
45 **토니오 크뢰거** 토마스 만 / 강두식 옮김
46 **첫사랑** 이반 투르게네프 / 김학수 옮김
47 **제3의 사나이** 그레이엄 그린 / 안흥규 옮김
★▲▽ 48 **어둠의 속** 조셉 콘래드 / 이덕형 옮김
49 **싯다르타** 헤르만 헤세 / 차경아 옮김
50 **모파상 단편선** 기 드 모파상 / 김동현 · 김사행 옮김
51 **찰스 램 수필선** 찰스 램 / 김기철 옮김
★▲▽ 52 **보바리 부인** 귀스타브 플로베르 / 민희식 옮김
53 **페터 카멘친트** 헤르만 헤세 / 박종서 옮김
★ 54 **몽테뉴 수상록** 몽테뉴 / 손우성 옮김
55 **알퐁스 도데 단편선** 알퐁스 도데 / 김사행 옮김
56 **베이컨 수필집** 프랜시스 베이컨 / 김길중 옮김
★▲ 57 **인형의 집** 헨리크 입센 / 안동민 옮김
★ 58 **소송** 프란츠 카프카 / 김현성 옮김
★▲ 59 **테스** 토마스 하디 / 이종구 옮김
★▽ 60 **리어왕** 윌리엄 셰익스피어 / 이종구 옮김
61 **라쇼몽** 아쿠타가와 류노스케 / 김영식 옮김
▲▽ 62 **프랑켄슈타인** 메리 셸리 / 임종기 옮김
▲●▽ 63 **등대로** 버지니아 울프 / 이숙자 옮김
64 **명상록** 마르쿠스 아우렐리우스 / 이덕형 옮김
65 **가든 파티** 캐서린 맨스필드 / 이덕형 옮김
66 **투명인간** H. G. 웰스 / 임종기 옮김
67 **게르트루트** 헤르만 헤세 / 송영택 옮김
68 **피가로의 결혼** 보마르셰 / 민희식 옮김

(뒷면 계속)

★ 69 **팡세** 블레즈 파스칼 / 하동훈 옮김

70 **한국 단편 소설선** 김동인 외

71 **지킬 박사와 하이드** 로버트 L. 스티븐슨 / 김세미 옮김

▲ 72 **밤으로의 긴 여로** 유진 오닐 / 박윤정 옮김

★▲▽ 73 **허클베리 핀의 모험** 마크 트웨인 / 이덕형 옮김

74 **이선 프롬** 이디스 워튼 / 손영미 옮김

75 **크리스마스 캐럴** 찰스 디킨슨 / 김세미 옮김

★▲ 76 **파우스트** 요한 볼프강 폰 괴테 / 정경석 옮김

▲ 77 **야성의 부름** 잭 런던 / 임종기 옮김

★▲ 78 **고도를 기다리며** 사뮈엘 베케트 / 홍복유 옮김

★▲▽ 79 **걸리버 여행기** 조너선 스위프트 / 박용수 옮김

80 **톰 소여의 모험** 마크 트웨인 / 이덕형 옮김

★▲▽ 81 **오만과 편견** 제인 오스틴 / 박용수 옮김

★▽ 82 **오셀로 · 템페스트** 윌리엄 셰익스피어 / 오화섭 옮김

★ 83 **맥베스** 윌리엄 셰익스피어 / 이종구 옮김

▽ 84 **순수의 시대** 이디스 워튼 / 이미선 옮김

★ 85 **차라투스트라는 이렇게 말했다** 니체 / 황문수 옮김

★ 86 **그리스 로마 신화** 에디스 해밀턴 / 장왕록 옮김

87 **모로 박사의 섬** H. G. 웰스 / 한동훈 옮김

88 **유토피아** 토머스 모어 / 김남우 옮김

★▲ 89 **로빈슨 크루소** 대니얼 디포 / 이덕형 옮김

90 **자기만의 방** 버지니아 울프 / 정윤조 옮김

▲ 91 **월든** 헨리 D. 소로 / 이덕형 옮김

92 **나는 고양이로소이다** 나쓰메 소세키 / 김영식 옮김

★ 93 **폭풍의 언덕** 에밀리 브론테 / 이덕형 옮김

★▲ 94 **스완네 쪽으로** 마르셀 프루스트 / 김인환 옮김

★ 95 **이솝 우화** 이솝 / 이덕형 옮김

★ 96 **페스트** 알베르 카뮈 / 이휘영 옮김

▲ 97 **도리언 그레이의 초상** 오스카 와일드 / 임종기 옮김

98 **기러기** 모리 오가이 / 김영식 옮김

★▲ 99 **제인 에어 1** 샬럿 브론테 / 이덕형 옮김

★▲100 **제인 에어 2** 샬럿 브론테 / 이덕형 옮김

101 **방황** 루쉰 / 정석원 옮김

102 **타임머신** H. G. 웰스 / 임종기 옮김

●103 **보이지 않는 인간 1** 랠프 엘리슨 / 송무 옮김

●104 **보이지 않는 인간 2** 랠프 엘리슨 / 송무 옮김

▲105 **훌륭한 군인** 포드 매덕스 포드 / 손영미 옮김

106 **수레바퀴 아래서** 헤르만 헤세 / 송영택 옮김

▲107 **죄와 벌 1** 표도르 도스토옙스키 / 김학수 옮김

▲108 **죄와 벌 2** 표도르 도스토옙스키 / 김학수 옮김

109 **밤의 노예** 미셸 오스트 / 이재형 옮김

110 **바다여 바다여 1** 아이리스 머독 / 안정효 옮김

111 **바다여 바다여 2** 아이리스 머독 / 안정효 옮김

112 **부활 1** 레프 톨스토이 / 김학수 옮김

113 **부활 2** 레프 톨스토이 / 김학수 옮김

▲●114 **그들의 눈은 신을 보고 있었다**
조라 닐 허스턴 / 이미선 옮김

115 **약속** 프리드리히 뒤렌마트 / 차경아 옮김

116 **제니의 초상** 로버트 네이선 / 이덕희 옮김

117 **트로일러스와 크리세이드**
제프리 초서 / 김영남 옮김

118 **사람은 무엇으로 사는가**
레프 톨스토이 / 이순영 옮김

119 **전락** 알베르 카뮈 / 이휘영 옮김

120 **독일인의 사랑** 막스 뮐러 / 차경아 옮김

121 **릴케 단편선** R. M. 릴케 / 송영택 옮김

122 **이반 일리치의 죽음** 레프 톨스토이 / 이순영 옮

123 **판사와 형리** F. 뒤렌마트 / 차경아 옮김

124 **보트 위의 세 남자** 제롬 K. 제롬 / 김이선 옮김

125 **자전거를 탄 세 남자** 제롬 K. 제롬 / 김이선 옮

126 **사랑하는 하느님 이야기** R. M. 릴케 / 송영택 옮

127 **그리스인 조르바** 니코스 카잔차키스 / 이재형 옮

128 **여자 없는 남자들** 어니스트 헤밍웨이 / 이종인 옮

129 **사양** 다자이 오사무 / 오유리 옮김

130 **슌킨 이야기** 다니자키 준이치로 / 김영식 옮김

131 **실종자** 프란츠 카프카 / 송경은 옮김

132 **시지프 신화** 알베르 카뮈 / 이가림 옮김

133 **장미의 기적** 장 주네 / 박형섭 옮김

134 **진주** 존 스타인벡 / 김승욱 옮김

135 **황야의 이리** 헤르만 헤세 / 장혜경 옮김